AMULETO

ROBERTO BOLAÑO

Amuleto

Tradução
Eduardo Brandão

2ª reimpressão

Companhia Das Letras

Copyright © 2006 by Roberto Bolaño
Editorial Anagrama S.A.

Esta obra foi publicada com o apoio da Dirección General del Libro,
Archivos y Bibliotecas do Ministério de Cultura da Espanha

Título original
Amuleto

Capa
warrakloureiro
sobre
Sem título (1999), óleo sobre tela de Rodrigo Andrade. 30 x 30 cm.
Coleção Silvio Meyerhoff

Preparação
Silvia Massimini Felix

Revisão
Ana Luiza Couto
Carmen S. da Costa

Dados Internacionais de Catalogação na Publicação (CIP)
(Câmara Brasileira do Livro, SP, Brasil)

Bolaño, Roberto
  Amuleto / Roberto Bolaño ; tradução Eduardo Brandão.
— 1ª ed. — São Paulo : Companhia das Letras, 2008.

  Título original: Amuleto.
  ISBN 978-85-359-1363-7

  1. Ficção chilena I. Título

08-10534   CDD-Cc861

Índice para catálogo sistemático:
1. Ficção : Literatura chilena Cc861

[2022]
Todos os direitos desta edição reservados à
EDITORA SCHWARCZ S.A.
Rua Bandeira Paulista, 702, cj. 32
04532-002 — São Paulo — SP
Telefone: (11) 3707-3500
www.companhiadasletras.com.br
www.blogdacompanhia.com.br
facebook.com/companhiadasletras
instagram.com/companhiadasletras
twitter.com/cialetras

Para Mario Santiago Papasquiaro
(México, DF, 1953-1998)

Queríamos, pobres de nós, pedir auxílio; mas não havia ninguém para vir nos acudir.

Petrônio

1.

Esta será uma história de terror. Será uma história policial, uma narrativa de série negra e de terror. Mas não parecerá. Não parecerá porque sou eu que conto. Sou eu que falo e por isso não parecerá. Mas no fundo é a história de um crime atroz.

Sou a amiga de todos os mexicanos. Poderia dizer: sou a mãe da poesia mexicana, mas acho melhor não dizer. Conheço todos os poetas e todos os poetas me conhecem. De modo que poderia dizê-lo. Poderia dizer: sou a mãe e sopra um zéfiro da porra faz séculos, mas acho melhor não dizer. Poderia dizer, por exemplo: conheci Arturito Belano quando ele tinha dezessete anos, era um garoto tímido que escrevia obras de teatro e poesia e não sabia beber, mas seria de certo modo uma redundância e me ensinaram (com um chicote me ensinaram, com uma vara de ferro) que as redundâncias são supérfluas e que o argumento sozinho deve bastar.

O que, sim, posso dizer é meu nome.

Eu me chamo Auxilio Lacouture e sou uruguaia, de Montevidéu, mas quando os vapores me sobem à cabeça, os vapores da saudade, digo que sou charrua, o que vem a ser a mesma coisa, apesar de não ser, e o que confunde os mexicanos, e portanto os latino-americanos.

Mas o que importa é que um dia cheguei à Cidade do México sem saber muito bem por quê, nem para quê, nem como, nem quando.

Cheguei à Cidade do México, Distrito Federal, em 1967, ou talvez em 1965 ou 1962. Não me lembro mais das datas nem das peregrinações, só sei que cheguei à Cidade do México e não saí mais daqui. Estiquemos o tempo como a pele de uma mulher desacordada na sala de operações de um cirurgião plástico. Vejamos. Cheguei ao México quando León Felipe ainda estava vivo, que colosso, que força da natureza, e León Felipe morreu em 1968. Cheguei ao México quando Pedro Garfias ainda vivia, que grande homem, como era melancólico, e dom Pedro morreu em 1967, ou seja, tenho de ter chegado antes de 1967. Digamos pois que cheguei ao México em 1965.

Definitivamente, creio que cheguei em 1965 (mas pode ser que me engane, a gente quase sempre se engana) e freqüentei esses espanhóis universais, diariamente, hora após hora, com a paixão de uma poetisa e a devoção irrestrita de uma enfermeira inglesa, de uma irmã mais moça que se desvela por seus irmãos mais velhos, errantes como eu, se bem que a natureza do seu êxodo fosse bem diferente da minha, ninguém tinha me mandado embora de Montevidéu, simplesmente um dia decidi partir e fui para Buenos Aires, e de Buenos Aires, passados uns meses, talvez um ano, decidi continuar viajando porque já então eu sabia que meu destino era o México, sabia que León Felipe vivia no México e não estava muito segura se dom Pedro Garfias também vivia aqui, mas creio que no fundo deduzia que sim. Talvez tenha sido a loucura que me impeliu a viajar. Pode ser que tenha sido a loucura. Eu dizia que tinha sido a cultura. Claro que a cultura às vezes é a loucura, ou compreende a loucura. Talvez tenha sido o desamor que me impeliu a viajar. Talvez tenha sido um amor excessivo e transbordante. Talvez tenha sido a loucura.

A única coisa certa é que cheguei ao México em 1965, me plantei na casa de León Felipe e na casa de Pedro Garfias e disse a eles aqui estou para o que quiserem que eu faça. Devem ter me achado simpática, porque antipática não sou, embora às vezes seja chata, mas antipática nunca. A primeira coisa que fiz foi passar a mão numa vassoura e varrer o chão da casa deles, depois limpar as janelas, e sempre que podia pedia dinheiro e fazia as compras para eles. Eles me diziam com esse tom espanhol tão peculiar, aquela musiquinha ríspida que não os abandonou nunca, como se rodeassem os zês e os cês e como se deixassem os esses mais órfãos e libidinosos do que nunca, Auxilio, me diziam, pare de zanzar pela sala, deixe esses papéis em paz, mulher, que a poeira sempre se entendeu com a literatura. Eu ficava olhando para eles e pensava têm toda razão, a poeira sempre, e a literatura sempre, e como eu então era uma buscadora de matizes imaginava situações portentosas e tristes, imaginava os livros imóveis nas estantes e imaginava a poeira do mundo que ia entrando nas bibliotecas lentamente, perseverantemente, incontível, e então compreendia que os livros eram presa fácil da poeira (compreendia mas me negava a aceitar), via turbilhões de poeira, nuvens de poeira que se materializavam num pampa que existia no fundo da minha memória, e as nuvens avançavam até chegar ao DF, as nuvens do meu pampa particular que era o pampa de todos, embora muitos se negassem a vê-lo, e então tudo ficava coberto pela poeirada, os livros que eu havia lido e os livros que pensava ler, e aí já não havia nada que fazer, por mais que usasse a vassoura e o pano de pó a poeira nunca iria embora, porque essa poeira era parte consubstancial dos livros, e ali, à sua maneira, eles viviam ou remedavam algo parecido com a vida.

Era isso que eu via. Era isso que eu via no meio de um calafrio que só eu sentia. Depois abria os olhos e aparecia o céu da Cidade do México. Estou no México, pensava, quando a cauda do calafrio ainda não havia ido embora. Estou aqui, pensava. Então me esquecia *ipso facto* da poeira. Via o céu através de uma janela. Via as paredes por onde a luz do DF deslizava. Via os poetas espanhóis e seus livros reluzentes. E eu dizia a eles: dom Pedro, León (reparem que curioso, eu chamava o mais velho e venerável de você; já o mais moço como que me intimidava e eu não conseguia deixar de tratá-lo de senhor!), deixem eu cuidar disso, cuidem dos seus afazeres, continuem escrevendo sossegados e façam de conta que sou a mulher invisível. E eles riam. Ou melhor, León Felipe ria, mas você não sabia bem, para ser sincera, se ele estava rindo, pigarreando ou blasfemando, esse homem era como um vulcão, já dom Pedro Garfias olhava para você e depois desviava o olhar (um olhar tão triste) e o pousava, não sei, digamos num vaso de flores ou numa estante cheia de livros (um olhar tão melancólico), e eu então pensava: o que terá esse vaso ou as lombadas dos livros em que sua vista se detém para acumular tanta tristeza. Às vezes eu me punha a refletir, quando ele já não estava no cômodo ou quando não me olhava, eu me punha a refletir e até me punha a olhar para o vaso em questão ou para os livros antes assinalados e chegava à conclusão (conclusão que por outro lado não demorava a descartar) de que ali, naqueles objetos aparentemente tão inofensivos, se ocultava o inferno ou uma das suas portas secretas.

Às vezes dom Pedro me surpreendia olhando para seu vaso de flores ou para as lombadas dos seus livros e me perguntava: para o que está olhando, Auxilio, e eu então fazia hein?, o quê?, e bancava a tonta ou a sonhadora, mas outras vezes lhe perguntava coisas como que à margem da pergunta, mas coisas bem pensadas, pois se mostravam relevantes: dizia a ele, dom

Pedro, desde quando o senhor tem este vaso?, alguém lhe deu de presente?, tem algum valor especial para o senhor? E ele ficava olhando para mim sem saber o que responder. Ou dizia: é só um vaso. Ou: não tem nenhum significado especial. E então por que razão olha para ele como se nele se ocultasse uma das portas do inferno?, eu devia ter replicado. Mas não replicava. Só dizia: a-há, a-há, que era uma expressão que eu tinha pegado de não sei quem naqueles meses, os primeiros que passei no México. Mas minha cabeça continuava funcionando por mais ahás que meus lábios articulassem. Uma vez, disso eu me lembro e me faz rir, quando eu estava sozinha no escritório de Pedrito Garfias, fiquei olhando para o vaso que ele olhava com tanta tristeza e pensei: talvez olhe assim para ele porque não tem flores, quase nunca tem flores, e me aproximei do vaso, observei-o de diversos ângulos e então (estava cada vez mais próxima, embora minha maneira de me aproximar, minha maneira de me mover em direção ao objeto observado era como se traçasse uma espiral) pensei: vou enfiar a mão pela boca negra do vaso. Foi o que pensei. E vi como minha mão se descolava do meu corpo, se erguia, pairava sobre a boca negra do vaso, se aproximava das bordas esmaltadas, e bem então uma vozinha dentro de mim falou: *che*, Auxilio, o que está fazendo, sua louca, e foi isso que me salvou, creio, porque meu braço se deteve no ato e minha mão ficou caída, numa posição como que de bailarina morta, a poucos centímetros daquela boca do inferno, e a partir desse momento não sei o que foi que aconteceu comigo, mas, isso sim, sei o que não aconteceu e podia ter acontecido.

 A gente corre perigos. Essa é a pura verdade. A gente corre riscos e é um joguete do destino até nos lugares mais inverossímeis.

 Na vez do vaso eu desatei a chorar. Melhor dizendo: as lágrimas pularam sem que eu me desse conta e eu tive de me sentar numa poltrona, na única poltrona que dom Pedro tinha naquele cômodo, porque se não me sentasse teria desmaiado. Pelo menos, posso assegurar que em determinado momento minha vista se anuviou e minhas pernas bambearam. Quando já estava sentada, fui acometida por uns tremores muito fortes, parecia que ia ter um ataque. E o pior era que minha única preocupação naquele momento consistia em que Pedrito Garfias não entrasse e me visse naquele estado tão lamentável. Ao mesmo tempo não parava de pensar no vaso de flores, para o qual evitava olhar apesar de saber (pois não sou boba rematada) que estava ali, no aposento, de pé numa prateleira onde havia também um sapo de prata, um sapo cuja pele parecia ter absorvido toda a loucura da lua mexicana. Depois, ainda trêmula, me levantei e tornei a me aproximar, creio que com a sadia intenção de pegar o vaso e espatifá-lo no chão, nos ladrilhos verdes do chão, e dessa vez não me aproximei em espiral do objeto do meu terror mas em linha reta, uma linha reta hesitante, sim, mas reta no fim das contas. E, quando fiquei a meio metro do vaso, parei outra vez e disse a mim mesma: se não o inferno, ali há pesadelos, ali há tudo o que a gente perdeu, tudo o que causa dor e o que é melhor esquecer.

Então pensei: Pedrito Garfias saberá o que se esconde dentro do seu vaso de flores? Sabem os poetas o que se entoca na boca sem fundo dos seus vasos? E, se sabem, por que não os despedaçam, por que não assumem eles próprios essa responsabilidade?

Naquele dia não fui capaz de pensar em outra coisa. Saí mais cedo que de costume e fui passear no bosque de Chapultepec. Um lugar bonito e sedativo. No entanto, por mais que andasse e admirasse o que via, não podia parar de pensar no vaso de flores, no escritório de Pedrito Garfias, em seus livros, em seu olhar tão triste que às vezes pousava nas coisas mais inofensivas e outras vezes nas coisas mais perigosas. E assim, enquanto diante dos meu olhos via os muros do Palácio de Maximiliano e Carlota, ou via as árvores do bosque multiplicadas na superfície do lago de Chapultepec, na minha imaginação só via um poeta espanhol que olhava para um vaso de flores com uma tristeza que parecia abarcar tudo. E isso me dava raiva. Melhor dizendo: no início me dava raiva. Eu perguntava a mim mesma por que razão ele não fazia nada a esse respeito. Por que o poeta ficava olhando para o vaso em vez de dar dois passos (dois ou três passos que seriam tão elegantes com sua calça de linho cru), agarrar o vaso com ambas as mãos e espatifá-lo no chão. Mas a raiva logo passava e eu ficava refletindo enquanto a brisa do bosque de Chapultepec (do *pitoresco Chapultepec*, como escreveu Manuel Gutiérrez Nájera) acariciava a ponta do meu nariz até que eu me dava conta de que provavelmente Pedrito Garfias já havia quebrado muitos vasos de flores, muitos objetos misteriosos ao longo da vida, inúmeros vasos!, e em dois continentes!, de modo que quem era eu para censurá-lo, ainda que apenas mentalmente, pela passividade que mostrava diante do que tinha no seu escritório.

E já posta nessa tessitura, chegava até a procurar mais de uma razão que justificasse a permanência do vaso, e efetivamente me ocorria mais de uma, mas para que enumerá-las, que inutilidade enumerá-las. A única coisa certa era que o vaso de flores estava ali, embora também pudesse estar numa janela aberta de Montevidéu ou em cima da escrivaninha do meu pai, que morreu faz tanto tempo que quase já o esqueci, na antiga casa do meu pai, o doutor Lacouture, uma casa e uma escrivaninha em cima das quais caem agora mesmo os pilares do esquecimento.

De modo que a única coisa certa é que eu freqüentava a casa de León Felipe e a casa de Pedro Garfias e os ajudava no que podia, desempoeirando os livros e varrendo o chão, por exemplo, e que quando eles protestavam eu lhes dizia me deixem em paz, escrevam e me deixem cuidar da intendência, e que então León Felipe ria e dom Pedro não ria, Pedrito Garfias, como era melancólico, ele não ria, ele olhava para mim com seus olhos de lago ao entardecer, esses lagos que ficam no meio da montanha e que ninguém visita, esses lagos tristíssimos e aprazíveis, tão aprazíveis que não parecem deste mundo, e dizia não se incomode, Auxilio, ou obrigado, Auxilio, e não dizia mais nada. Que homem mais divino. Que homem mais íntegro. Ficava de pé, imóvel, e me agradecia. Isso era tudo e era o bastante para mim. Porque eu me conformo com pouco. Isso salta à vista. León Felipe me achava bonita, dizia você é uma moça inestimável, Auxilio, e procurava me ajudar com uns tantos pesos, mas geralmente quando ele me oferecia dinheiro eu fazia uma grita de estremecer o céu (literalmente), faço isso por gosto, León Felipe, eu lhe dizia, faço isso flechada pela admiração. León Felipe ficava um instante pensando em meu adjetivo e eu punha de volta na mesa o dinheiro que ele tinha me dado e continuava meu trabalho. Eu cantava. Quando trabalhava eu cantava e não me importava se o trabalho era pago ou gratuito. De fato, acho que preferia que o trabalho fosse gratuito (contudo, não vou ser hipócrita a ponto de dizer que não ficava feliz quando me pagavam). Mas no caso deles eu preferia que fosse gratuito. No caso deles, eu teria pago do meu próprio bolso para me mover entre seus livros e entre seus papéis com total liberdade. O que eu costumava receber (e aceitar) eram presentes. León Felipe me dava estatuetas mexicanas de barro que não sei de onde tirava, porque não é que em sua casa tivesse muitas. Acho que as comprava especialmente para mim. Que tristeza de figurinhas. Eram tão bonitas. Pequenininhas e bonitas. Nelas não se escondia a porta do inferno nem do céu, eram apenas figurinhas que os índios faziam e vendiam para os intermediários que iam a Oaxaca comprá-las, revendendo-as, muito mais caras, nos mercados ou em bancas nas ruas do DF. Dom Pedro Garfias, por sua vez, me dava de presente livros, livros de filosofia. Agora mesmo me lembro de um de José Gaos, que tentei ler mas não gostei. José Gaos também era espanhol e também morreu no México. Pobre José Gaos, eu deveria ter me esforçado mais. Quando Gaos morreu? Acho que em 1968, como León Felipe, ou não, em 1969, é até possível então que tenha morrido de tristeza. Pedrito Garfias morreu em 1967, em Monterrey. León Felipe morreu em 1968. Fui perdendo as figurinhas que León Felipe me deu uma depois da outra. Agora devem estar em estantes de casas sólidas ou de águas-furtadas da colônia* Nápoles, da colônia Roma ou da colônia Hipódromo-Condesa. As que não se quebraram. As que se quebraram devem fazer parte da poeira do DF. Os livros de Pedro Garfias eu também perdi. Os de filosofia primeiro, e os de poesia, fatalmente, também.

Às vezes dou de pensar que tanto meus livros como minhas figurinhas de alguma maneira me acompanham. Mas como podem me acompanhar?, eu me pergunto. Pairam ao meu redor? Pairam sobre minha cabeça? Os livros e as estatuetas que fui perdendo terão se transformado no ar do DF? Terão se transformado na cinza que percorre esta cidade de norte a sul e de leste a oeste? Pode ser. A noite escura da alma avança pelas ruas do DF, varrendo-o todo. Já mal se escutam canções, aqui, onde antes tudo era uma canção. A nuvem de poeira pulveriza tudo. Primeiro os poetas, depois os amores e depois, quando parece que está saciada e que se perde, a nuvem volta e se instala no ponto mais alto da sua cidade ou da sua mente e diz a você com gestos misteriosos que não pensa sair dali.

---

* Colônia: bairro.

2.

Como ia dizendo, eu freqüentava León Felipe e Pedro Garfias sem deslealdades nem pausas, sem aborrecê-los mostrando meus poemas nem contando meus problemas, e sim procurando ser útil, mas também fazia outras coisas. Eu tinha minha vida privada. Tinha outra vida além de buscar o calor dessas sumidades das letras castelhanas. Tinha outras necessidades. Fazia trabalhos. Procurava fazer trabalhos. Eu me movimentava e me desesperava. Porque viver no DF é fácil, como todo o mundo sabe, ou crê, ou imagina, mas só é fácil se você tem algum dinheiro, uma bolsa, uma família ou pelo menos uma raquítica ocupação ocasional, e eu não tinha nada, a longa viagem até chegar à região mais transparente me havia esvaziado de muitas coisas, entre elas da energia necessária para trabalhar em certas coisas. De modo que o que eu fazia era circular pela Universidade, mais concretamente pela Faculdade de Filosofia e Letras, fazendo trabalhos voluntários, poderíamos dizer, um dia ajudava a datilografar as aulas do professor García

Liscano, outro dia traduzia textos do francês no Departamento de Francês, onde havia muito poucos que dominavam de verdade a língua de Molière, e não é que eu queira dizer que meu francês é ótimo, mas que em comparação com o que os do departamento manejavam era muito bom, outro dia grudava como um marisco num grupo de teatro e passava oito horas, sem exagero, assistindo aos ensaios que se repetiam até a eternidade, indo buscar sanduíches, experimentando manejar os projetores, recitando as falas de todos os atores com uma voz quase inaudível que só eu ouvia e que só a mim fazia feliz.

Às vezes, não muitas, conseguia um trabalho remunerado, um professor me pagava do seu bolso para lhe servir, digamos, de ajudante, ou os chefes de departamento conseguiam que eles ou a faculdade me contratassem por quinze dias, por um mês, às vezes por um mês e meio em cargos vaporosos e ambíguos, a maioria das vezes inexistentes, ou as secretárias, que moças mais simpáticas, todas eram minhas amigas, todas me contavam seus casos amorosos e suas esperanças, davam um jeito para que seus chefes me passassem uns bicos que me permitiam ganhar uns pesos. Isso durante o dia. De noite, levava uma vida boêmia, com os poetas da Cidade do México, o que era altamente gratificante para mim e até conveniente, pois na época o dinheiro escasseava e às vezes eu não tinha nem para pagar a pensão. Mas via de regra eu tinha. Não quero exagerar. Tinha dinheiro para viver e os poetas da Cidade do México me emprestavam livros de literatura mexicana, de início suas próprias coletâneas, os poetas são assim, depois os imprescindíveis e os clássicos, e desse modo meus gastos se reduziam ao mínimo.

Às vezes passava uma semana inteira sem gastar um peso. Eu era feliz. Os poetas mexicanos eram generosos e eu era feliz. Naqueles tempos comecei a conhecer todos eles, e eles a me conhecer. Éramos inseparáveis. De dia, vivia na faculdade, como uma formiguinha ou, mais propriamente, como uma cigarra, de um lado para o outro, de um cubículo a outro cubículo, a par de todas as fofocas, de todas as infidelidades e divórcios, a par de todas as tragédias. Como a do professor Miguel López Azcárate, sua mulher o largou e Miguelito López não pôde agüentar a dor, eu estava a par, as secretárias me contavam, uma vez parei num corredor da faculdade e me juntei a um grupo que discutia não sei que aspectos da poesia de Ovídio, acho que estava lá o poeta Bonifaz Nuño, acho que também estavam Monterroso e dois ou três poetas jovens. E com certeza estava o professor López Azcárate, que não abriu a boca até o fim (em se tratando de poetas latinos, a única autoridade reconhecida era a de Bonifaz Nuño). E de que falamos, Virgem Santa, de que falamos? Não me lembro com exatidão. Só me lembro que o tema era Ovídio e que Bonifaz Nuño perorava, perorava, perorava. Provavelmente estava caindo na pele de um tradutor novato das *Metamorfoses*. E Monterroso sorria e assentia em silêncio. E os poetas jovens (ou talvez fossem apenas estudantes, coitadinhos) faziam igual. E eu também. Eu espichava o pescoço e os contemplava fixamente. De vez em quando soltava uma exclamação por cima do ombro dos estudantes, que era como acrescentar um pouco de silêncio ao silêncio. E então (em algum momento desse instante que existiu, que não posso ter sonhado) o professor López Azcárate abriu a boca. Abriu a boca como se lhe faltasse ar, como se aquele corredor da faculdade houvesse entrado de repente na dimensão desconhecida, e disse algo sobre a *Arte de amar*, de Ovídio, algo que pegou Bonifaz Nuño de surpresa e que pareceu interessar sobremaneira a Monterroso, e que os jovens poetas ou estudantes não compreenderam, nem eu, depois ficou vermelho, como se a sensação de opressão já fosse francamente insuportável, e umas lágrimas, não muitas, quatro ou seis, rolaram por suas faces até ficarem enganchadas no seu bigode, um bigode negro que começava a ficar grisalho nas pontas e no meio, concedendo-lhe um ar que sempre me pareceu estranhíssimo, como de zebra ou algo parecido, um bigode negro, em todo caso, que não devia estar ali, que pedia aos gritos uma navalha ou uma tesoura e que fazia que, se olhasse muito tempo para a cara de López Azcárate, você compreendesse sem sombra de dúvida que se tratava de uma anomalia e que com essa anomalia na cara (com essa anomalia voluntária na cara) as coisas necessariamente iam acabar mal.

Uma semana depois López Azcárate se enforcou numa árvore, e a notícia correu pela faculdade como um bicho aterrorizado e veloz. Uma notícia que, quando chegou aos meus ouvidos, me deixou encolhida e tiritando, e ao mesmo tempo maravilhada, porque a notícia, sem dúvida, era ruim, péssima, mas ao mesmo tempo era fantástica, era como se a realidade me dissesse no ouvido: ainda sou capaz de grandes coisas, ainda sou capaz de surpreender você, tonta, e a todos, ainda sou capaz de mover o céu e a terra por amor.

De noite, no entanto, me espalhava, me transformava num morcego, saía da faculdade e vagava pelo DF como um duende (gostaria de dizer como uma fada, mas faltaria com a verdade), bebia, discutia, participava das rodas literárias (conheci todas), aconselhava os jovens poetas que desde esse tempo recorriam a mim, embora não tanto quanto depois, e eu tinha uma palavra para todos, que digo, uma palavra!, tinha para todos cem palavras ou mil, todos me pareciam netos de López Velarde, bisnetos de Salvador Díaz Mirón, os jovens machinhos atribulados, os jovens machinhos murchos das noites do DF, os jovens machinhos que chegavam com seus papéis dobrados, seus livros surrados, seus cadernos sujos e se sentavam nas cafeterias que nunca fecham ou nos bares mais deprimentes do mundo, em que eu era a única mulher, eu e às vezes o fantasma de Lilian Serpas (mas de Lilian falarei mais para a frente), e me davam para ler seus poemas, seus versos, suas aflitas traduções, e eu pegava aqueles papéis, lia em silêncio, de costas para a mesa onde todos brindavam e procuravam angustiosamente ser engenhosos, ou irônicos, ou cínicos, pobres anjos meus, e mergulhava nessas palavras (gostaria de dizer fluxo verbal, mas faltaria com a verdade, ali não havia fluxo verbal, mas balbucios) até a medula, ficava por um instante a sós com essas palavras entorpecidas pelo brilho e a tristeza da juventude, ficava por um instante a sós com esses pedaços esfacelados de espelho e me olhava, melhor dizendo, me procurava no reflexo dessa quinquilharia, e me encontrava!, lá estava eu, Auxilio Lacouture, ou fragmentos de Auxilio Lacouture, os olhos azuis, os cabelos louros branqueando cortados à Príncipe Valente, a cara comprida e magra, as rugas na testa, e meu eu me estremecia, me submergia num mar de dúvidas, me fazia desconfiar do futuro, dos dias que se aproximavam com uma velocidade de cruzeiro, embora por outro lado me confirmasse que eu vivia com meu tempo, com o tempo que eu havia escolhido e com o tempo que me rodeava, agitado, mutável, pletórico, feliz.

    E assim cheguei a 1968. Ou 1968 chegou a mim. Agora poderia dizer que pressenti 68. Agora poderia dizer que tive um pressentimento feroz e que 68 não me pegou desprevenida. Augurei-o, intuí-o, suspeitei-o, adivinhei-o desde o primeiro minuto de janeiro; pressagiei-o e antevi-o desde que se rasgou a primeira (e última) *piñata** do inocente e festivo janeiro. Como se não fosse pouco, poderia dizer que senti seu cheiro nos bares e nos parques, em fevereiro ou em março de 68, senti sua quietude sobrenatural nas livrarias e nas barraquinhas de comida ambulante, enquanto comia um taco de carne, de pé, na rua San

---

* Tradicional brincadeira infantil mexicana, a *piñata* é um boneco ou saco de papel cheio de balas e doces que as crianças, de olhos vendados, têm de estourar a pauladas. (N. T.)

Ildefonso, contemplando a igreja de Santa Catarina de Siena e o crepúsculo mexicano que redemoinhava como um desvario, antes de 68 se transformar realmente em 68. Ai, lembrar disso me faz rir. Que vontade de chorar! Estou chorando? Vi tudo e, ao mesmo tempo, não vi nada. Entendem o que quero dizer? Sou a mãe de todos os poetas e não permiti (ou o destino não permitiu) que o pesadelo me desmontasse. As lágrimas agora escorrem por minhas faces estragadas. Eu estava na faculdade naquele 18 de setembro em que o exército violou a autonomia e entrou no campus para prender ou matar todo o mundo. Não. Na Universidade não houve muitos mortos. Foi em Tlatelolco. Esse nome há de ficar em nossa memória para sempre! Mas eu estava na faculdade quando o exército e os granadeiros entraram e baixaram o cacete na gente. Coisa mais incrível. Eu estava no banheiro, num dos banheiros de um dos andares da faculdade, o quarto, creio, não posso precisar. Estava sentada na latrina, com a saia arregaçada, como diz o poema ou a canção, lendo aquelas poesias tão delicadas de Pedro Garfias, que tinha morrido fazia um ano, dom Pedro tão melancólico, tão triste da Espanha e do mundo em geral, quem iria imaginar que eu estaria lendo no banheiro justo no momento em que aqueles granadeiros babacas entravam na universidade. Acho, permitam-me este inciso, que a vida está repleta de coisas enigmáticas, pequenos acontecimentos que só estão esperando o contato epidérmico, nosso olhar, para se desencadearem numa série de fatos causais que, depois, vistos através do prisma do tempo, não podem deixar de produzir em nós assombro e espanto. De fato, graças a Pedro Garfias, aos poemas de Pedro Garfias e a meu inveterado vício de ler no banheiro, fui a última a saber que os granadeiros tinham entrado, que o exército tinha violado a autonomia universitária e que, enquanto minhas pupilas percorriam os versos daquele espanhol morto no exílio, os soldados e os granadeiros estavam prendendo e baixando o cacete em todo o mundo que encontravam pela frente, sem que importasse sexo ou idade, condição civil ou status adquirido (ou presenteado) no intrincado mundo das hierarquias universitárias.

Digamos que ouvi um ruído.

Um ruído na alma! E digamos que depois o ruído foi crescendo, crescendo, que então prestei atenção no que acontecia, ouvi que alguém dava a descarga numa latrina vizinha, ouvi uma porta bater, passos no corredor e o barulhão que subia dos jardins, daquele gramado tão bem cuidado que cerca a faculdade, feito um mar verde, uma ilha sempre disposta às confidências e ao amor. Então a borbulha da poesia de Pedro Garfias fez pop, eu fechei o livro, levantei, dei a descarga, abri a porta, fiz um comentário em voz alta, disse *che*, que está acontecendo lá fora, mas ninguém respondeu, todas as usuárias do banheiro haviam desaparecido, eu disse *che*, não tem ninguém?, sabendo de antemão que ninguém ia responder, não sei se vocês conhecem essa sensação, uma sensação como de filme de terror, mas não desses filmes em que as mulheres são tolas, e sim inteligentes e corajosas, ou em que há pelo menos uma mulher inteligente e corajosa que de repente fica sozinha, que de repente entra num edifício solitário ou numa casa abandonada e pergunta (porque não sabe que o lugar onde se meteu está abandonado) se tem alguém, alça a voz e pergunta, mas na realidade no tom com que faz a pergunta já está implícita a resposta, mas ela pergunta, por quê?, ora, porque basicamente é uma mulher educada, e nós mulheres educadas não podemos evitar de sê-lo em qualquer circunstância em que a vida nos ponha, ela fica parada ou talvez dê alguns passos, pergunta, e ninguém, evidentemente, responde. De modo que eu me senti como essa mulher, mas não sei se soube disso no ato ou sei agora, também dei uns tantos passos como se caminhasse por uma enorme extensão de gelo. Depois lavei as mãos, olhei-me no espelho, vi uma figura alta, magra, loura, com algumas, já muitas, rugas na cara, a versão feminina de dom Quixote, como me disse certa ocasião Pedro Garfias, depois saí ao corredor, e aí sim percebi na mesma hora que alguma coisa estava acontecendo, o corredor estava vazio, sumido em suas desbotadas cores creme, e a gritaria que subia pelas escadas era das que atordoam e fazem história. O que fiz então? O que qualquer pessoa faria: fui à janela, olhei para baixo e vi os soldados, fui a outra janela e vi tanques, a outra, no fundo do corredor (percorri o corredor dando saltos de além-túmulo), e vi furgões onde os granadeiros e alguns policiais à paisana estavam metendo os estudantes e professores presos, como numa cena de filme sobre a Segunda Guerra Mundial misturada com uma de María Félix e Pedro Armendáriz sobre a Revolução Mexicana, um filme que se desenrolava numa tela escura mas com figurinhas fosforescentes, como dizem que alguns loucos ou algumas pessoas que sofrem repentinamente um ataque de medo vêem. Depois vi um grupo de secretárias, entre as quais creio ter distinguido mais de uma amiga (na realidade, creio que distingui todas!), que saíam em fila indiana, ajeitando o vestido, com a bolsa na mão ou pendurada no ombro, e depois vi um grupo de professores que também saía ordenadamente, pelo menos tão ordenadamente quanto a situação permitia, vi gente com livros nas mãos, vi gente com pastas e páginas datilografadas que se esparramavam pelo chão, e se agachavam para recolhê-las, vi gente ser arrastada pelo chão ou gente que saía da faculdade cobrindo o nariz com um lenço branco que o sangue enegrecia rapidamente. Então eu disse para mim mesma: fique aqui, Auxilio. Não deixe que te levem presa, menina. Fique aqui, Auxilio, não entre voluntariamente nesse filme, menina, se eles quiserem te pôr em cana que se dêem ao trabalho de te encontrar.

Voltei para o banheiro e, vejam que curioso, não só voltei ao banheiro como voltei à latrina, a mesmíssima em que eu estava antes, tornei a me sentar no vaso, quero dizer: outra vez com a saia arregaçada e a calcinha abaixada, mas sem nenhuma necessidade fisiológica (dizem que precisamente em casos assim as tripas ficam soltas, mas certamente não foi o meu caso), com o livro de Pedro Garfias aberto e, embora não tivesse vontade de ler, comecei a ler, a princípio lentamente, palavra por palavra e verso por verso, mas pouco depois a leitura foi se acelerando até finalmente se tornar enlouquecedora, os versos passavam tão rápidos que eu mal podia discernir alguma coisa neles, as palavras colavam umas nas outras, não sei, uma leitura em queda livre a que, aliás, a poesia de Pedrito Garfias mal pôde resistir (há poetas e poemas que resistem a qualquer leitura, outros, a maioria, não), e nisso eu estava quando de repente ouvi um barulho no corredor, barulho de botas?, barulho de botas com biqueiras de ferro?, mas *che*, disse para mim mesma, já é muita coincidência, não acha?, barulho de botas com biqueiras de ferro!, mas *che*, disse para mim mesma, agora só falta o frio e que uma boina caia na minha cabeça, e então ouvi uma voz que dizia algo como tudo estava em ordem, sargento, pode ser que dissesse outra coisa, e cinco segundos depois talvez o mesmo cara que tinha falado abriu a porta do banheiro e entrou.

3.

E eu, pobre de mim, ouvi algo semelhante ao rumor que o vento produz quando sopra e corre entre as flores de papel, ouvi um florear de ar e água e levantei (silenciosamente) os pés feito uma bailarina de Renoir, como se fosse parir (e, de certo modo, de fato me dispunha a dar algo à luz e a ser dada à luz), a calcinha algemando minhas canelas magras, enganchada nos sapatos que eu tinha então, uns mocassins amarelos dos mais cômodos, e, enquanto esperava que o soldado revistasse as latrinas uma a uma e me dispunha, moral e fisicamente, se fosse o caso, a não abrir, a defender o derradeiro reduto de autonomia da UNAM, eu, uma pobre poetisa uruguaia mas que amava o México mais que tudo, enquanto esperava, dizia eu, um silêncio especial se produziu, um silêncio que nem os dicionários de música nem os dicionários de filosofia registram, como se o tempo se fraturasse e corresse em várias direções a uma só vez, um tempo puro, nem verbal nem composto de gestos e ações, então eu me vi e vi o soldado que se olhava extasiado no espelho, nossas duas figuras embutidas num losango negro ou submersas num lago, e tive um calafrio, pobre de mim, porque soube que momentaneamente as leis da matemática me protegiam, porque soube que as tirânicas leis do cosmos, que se opõem às leis da poesia, me protegiam e que o soldado se olharia extasiado no espelho, e eu o ouviria e imaginaria, extasiada também, na singularidade da minha latrina, e que ambas as singularidades constituíam a partir desse segundo as duas faces de uma moeda atroz como a morte. Resumo da ópera: o soldado e eu permanecemos parados feito estátuas no banheiro das mulheres do quarto andar da Faculdade de Filosofia e Letras, e isso foi tudo, depois ouvi suas passadas indo embora, ouvi a porta se fechando, e minhas pernas erguidas, como se decidissem por si mesmas, voltaram à sua antiga posição.

O parto havia terminado.

Devo ter permanecido assim umas três horas, calculo.

Sei que começava a anoitecer quando saí da latrina. Sentia cãibras nas extremidades. Sentia uma pedra no estômago e meu peito doía. Sentia como que um véu ou uma gaze sobre os olhos. Sentia zumbidos de abelhas ou vespas ou besouros nos ouvidos ou na mente. Sentia como que cócegas e ao mesmo tempo como que vontade de dormir. Mas a verdade é que estava mais acordada do que nunca. A situação era nova, admito, mas eu sabia o que fazer.

Sabia qual era o meu dever.

De modo que me icei à única janela do banheiro e olhei para fora. Vi um soldado perdido ao longe. Vi a silhueta de um tanque ou a sombra de um tanque, mas depois pensei melhor e talvez o que vi tenha sido a sombra de uma árvore. Como o pórtico da literatura latina, como o pórtico da literatura grega. Ai, gosto tanto da literatura grega, de Safo a Giorgos Seferis. Vi o vento percorrer a universidade como se aproveitasse as últimas claridades do dia. E soube o que tinha de fazer. Eu soube. Soube que tinha de resistir. De modo que me sentei nos ladrilhos do banheiro das mulheres e aproveitei os últimos raios de luz para ler mais três poemas de Pedro Garfias, depois fechei o livro, fechei os olhos e disse para mim: Auxilio Lacouture, cidadã do Uruguai, latino-americana, poeta e viajante, resista.

Só isso.

Depois comecei a pensar no meu passado, como agora penso no meu passado. Depois superei as datas, quebrou-se o losango no espaço do desespero conjectural, subiram as imagens do fundo do lago, sem que nada nem ninguém pudesse evitar emergiram as imagens desse pobre lago que nem o sol nem a lua alumiam, dobrou-se e desdobrou-se o tempo como um sonho. O ano de 68 converteu-se no de 64, e no ano de 60, e no de 56. E também se converteu no ano de 70, de 73, no ano de 75 e de 76. Como se eu houvesse morrido e contemplasse os anos de uma perspectiva inédita. Quero dizer: comecei a pensar no meu passado como se pensasse no meu presente, no meu futuro, no meu passado, tudo revolto e adormecido num só ovo morno, um enorme ovo de não sei que pássaro interior (um arqueópterix?) abrigado num ninho de escombros fumegantes.

Comecei a pensar, por exemplo, nos dentes que perdi, se bem que naquele momento, em setembro de 1968, ainda tinha todos os meus dentes, o que observando bem não deixa de ser estranho. Mas o certo é que pensei nos meus dentes, meus quatro dentes da frente que fui perdendo em anos posteriores porque não tinha dinheiro para ir ao dentista, nem vontade de ir ao dentista, nem tempo. Foi curioso pensar nos meus dentes porque, por um lado, pouco me incomodava não ter os quatro dentes mais importantes da dentadura de uma mulher, mas, por outro, perdê-los me feriu no mais profundo do meu ser, e essa ferida ardia, e era necessária e desnecessária, era absurda. Ainda hoje, quando penso nisso, não compreendo. Enfim: perdi meus dentes no México como havia perdido tantas outras coisas no México, embora de vez em quando vozes amigas ou que pretendiam sê-lo me diziam ponha os dentes, Auxilio, a gente faz uma vaquinha para você comprar uns postiços, Auxilio, eu sempre soube que aquela janela ia permanecer até o final em carne viva, e não dava muita bola para eles mas tampouco lhes dava uma resposta taxativamente negativa. E a perda trouxe consigo um novo costume. A partir de então, quando eu falava ou quando ria, cobria com a palma da mão minha boca desdentada, gesto que conforme vim a saber não demorou a se tornar popular em alguns ambientes. Perdi meus dentes mas não perdi a discrição, a reserva, certo senso de elegância. A imperatriz Josefina, é sabido, tinha enormes cáries negras na parte posterior da sua dentadura, e isso não tirava nem um pingo do seu charme. Ela se cobria com um lencinho ou com um leque; eu, mais terrenal, habitante do DF alado e do DF subterrâneo, punha a palma da mão sobre os lábios e ria e falava livremente nas longas noitadas mexicanas. Meu aspecto, para os que acabavam de me conhecer, era o de uma conspiradora ou de um ser estranho, metade sulamita, metade morcego albino. Mas eu não ligava pra isso. Lá está Auxilio, diziam os poetas, e ali estava eu, sentada à mesa de um romancista com *delirium tremens* ou de um jornalista suicida, rindo e falando, segredando e contando fuxicos, e ninguém podia dizer: vi a boca ferida da uruguaia, vi as gengivas nuas da única pessoa que ficou na Universidade quando os granadeiros entraram, em setembro de 1968. Podiam dizer: Auxilio fala como os conspiradores, aproximando a cabeça e cobrindo a boca. Podiam dizer: Auxilio fala olhando nos olhos do outro. Podiam dizer (e rir ao dizer): como é que Auxilio consegue, apesar de ter as mãos ocupadas com livros e copos de tequila, sempre levar a mão à boca de maneira tão espontânea e natural?, onde reside o segredo desse seu jogo de mãos prodigioso? O segredo, meus amigos, não penso levar para o túmulo (não há que levar nada para o túmulo). O segredo reside nos nervos. Nos nervos que se tensionam e se alongam para alcançar as beiras da sociabilidade e do amor. As beiras espantosamente afiadas da sociabilidade e do amor.

Perdi meus dentes no altar dos sacrifícios humanos.

4.

Não pensei só nos meus dentes, que ainda não tinham caído, mas também em outras coisas, como por exemplo no jovem Arturo Belano, que conheci quando ele tinha dezesseis ou dezessete anos, em 1970, quando eu já era a mãe da jovem poesia do México e ele um garoto que não sabia nem beber, mas que se sentia orgulhoso de que, em seu distante Chile, Salvador Allende tivesse ganhado as eleições. Eu o conheci. Eu o conheci numa ensurdecedora reunião de poetas no bar Encrucijada Veracruzana, toca ou covil atroz, em que se reunia às vezes um grupo heterogêneo de jovens e não tão jovens promessas. Dentre todas as promessas, ele era a promessa mais jovem. Além do mais, o único que aos dezessete anos já tinha escrito um romance. Um romance que depois se perdeu, que o fogo devorou ou que acabou num dos imensos lixões que rodeiam o DF, e que li a princípio com reservas, depois com prazer, não porque fosse bom, não, o prazer me era proporcionado pelos rasgos de vontade vislumbrados em cada página, a comovente vontade de um adolescente: o romance era ruim, mas ele era bom. De modo que fiz amizade com ele. Acho que foi porque éramos os dois únicos sul-americanos em meio a tantos mexicanos. Fiz amizade com ele, me aproximei e falei com ele cobrindo minha boca com a mão, ele sustentou meu olhar, olhou para o dorso da minha mão e não me perguntou por que razão eu cobria a boca, mas creio que, ao contrário de outros, adivinhou no ato, quero dizer, adivinhou o motivo último, a soberania derradeira que me levava a cobrir os lábios, e não se importou.

Naquela noite fiz amizade com ele, apesar da diferença de idade, apesar da diferença de tudo! Expliquei-lhe, semanas depois, quem era Ezra Pound, quem era William Carlos Williams, quem era T. S. Eliot. Eu o levei uma vez para casa, doente, bêbado, estava abraçado a mim, pendurado em meus magros ombros, fiz amizade com sua mãe, seu pai e sua irmã tão simpática, tão simpáticos todos.

A primeira coisa que disse à mãe dele foi: senhora, não fui para a cama com seu filho. Gosto de ser assim, ser franca e sincera com a gente franca e sincera (embora tenha sofrido dissabores sem conta por esse meu inveterado costume). Levantei as mãos, sorri, baixei em seguida as mãos e disse isso, e ela olhou para mim como se acabasse de sair de um dos cadernos de seu filho, de Arturito Belano, que então estava ferrado no sono na caverna que era seu quarto. E ela disse: claro que não, Auxilio, mas não me chame de senhora, somos quase da mesma idade. E eu ergui a sobrancelha, fixei nela meu olho mais azul, o direito, e pensei: menina, ela tem razão, devemos ter mais ou menos a mesma idade, talvez eu fosse três anos mais moça, ou dois, ou um, mas basicamente éramos da mesma geração, a única diferença era que ela tinha uma casa, um trabalho e que todo mês recebia seu salário, e eu não, a única diferença era que eu saía com gente jovem e a mãe de Arturito saía com gente da sua idade, a única diferença era que ela tinha dois filhos adolescentes e eu não tinha nenhum, mas isso também não importava porque naquela altura eu também tinha, à minha maneira, centenas de filhos. De modo que fiz amizade com aquela família. Uma família de chilenos viajantes que havia emigrado para o México em 1968. Meu ano. Uma vez eu disse isso para a mãe de Arturo: olhe, disse, quando você estava fazendo os preparativos para a sua viagem, eu estava trancada no banheiro das mulheres do quarto andar da Faculdade de Filosofia e Letras da UNAM. Eu sei, Auxilio, ela me dizia. Curioso, não?, dizia eu. É mesmo, dizia ela. E podíamos ficar assim por um bom tempo, de noite, ouvindo música, conversando, rindo.

Fiz amizade com aquela família. Eu ficava como convidada na casa deles por longas temporadas, uma vez um mês, outra vez quinze dias, outra vez um mês e meio, porque na época eu não tinha dinheiro para pagar uma pensão ou uma água-furtada, e minha vida cotidiana tinha se transformado num vagar de uma parte para outra da cidade, à mercê do vento noturno que corre pelas ruas e avenidas do DF.

Passava o dia na universidade fazendo mil coisas, de noite vivia a vida boêmia, dormia e ia dispersando meus escassos pertences pelas casas de amigas e amigos, minha roupa, meus livros, minhas revistas, minhas fotos, eu Remedios Varo, eu Leonora Carrington, eu Eunice Odio, eu Lilian Serpas (ai, pobre Lilian Serpas, tenho que falar dela). E, claro, chegava um momento em que meus amigos e amigas se cansavam de mim e me pediam que fosse embora. E eu ia. Fazia uma piada e ia. Tratava de minimizar a importância do fato e ia embora. Baixava a cabeça e ia embora. Eu lhes dava um beijo na face, agradecia e ia embora. Alguns maledicentes dizem que eu não ia. Mentem. Eu ia assim que me pediam. Pode ser que, em uma ou outra ocasião, tenha me trancado no banheiro e derramado umas lágrimas. Alguns linguarudos dizem que os banheiros eram meu fraco. Como se enganam. Os banheiros eram meu pesadelo, se bem que desde setembro de 1968 os pesadelos não me eram estranhos. A gente se acostuma com tudo. Gosto dos banheiros. Gosto dos banheiros de meus amigos e amigas. Gosto, como todo ser humano, de tomar uma chuveirada e encarar com o corpo limpo um novo dia. Gosto também de tomá-la antes de ir dormir. A mãe de Arturito me dizia: use essa toalha limpa que pus para você, Auxilio, mas eu nunca usava toalha. Não gosto. Preferia me vestir com a pele molhada e que meu próprio calor corporal secasse as gotinhas. Isso divertia as pessoas. Divertia a mim também.

Mas eu também poderia ter ficado louca.

5.

Se não fiquei louca foi porque sempre conservei o bom humor. Ria da minha saia, da minha calça cilíndrica, das minhas meias listadas, do meu corte de cabelo Príncipe Valente, cada dia menos louro e mais branco, dos meus olhos que escrutavam a noite do DF, das minhas orelhas rosadas que ouviam as histórias da universidade, as promoções e rebaixamentos, os desprezos, adiamentos, puxações de saco, adulações, falsos méritos, camas bambas que desmontavam e tornavam a ser montadas sob o céu noturno do DF, esse céu que eu conhecia tão bem, esse céu revolto e inatingível como uma panela asteca debaixo da qual eu me movimentava feliz da vida, com todos os poetas do México e com Arturito Belano, que tinha dezessete anos, dezoito anos, e que ia crescendo diante dos meus olhos. Todos iam crescendo amparados por meu olhar! Quer dizer: todos iam crescendo na intempérie mexicana, na intempérie latino-americana, que é a intempérie maior porque é a mais cindida e a mais desesperada.

E meu olhar cintilava como a lua por aquela intempérie e se detinha nas estátuas, nas figuras sobressaltadas, nas corriolas de sombras, nas silhuetas que nada tinham exceto a utopia da palavra, uma palavra, por outro lado, bastante miserável. Miserável? Sim, admitamos, bastante miserável. E eu estava ali com eles porque também não tinha nada, exceto minha memória. Eu tinha recordações. Vivia trancada no banheiro feminino da faculdade, vivia embutida no mês de setembro de 1968 e podia portanto vê-los sem paixão, embora às vezes, felizmente, jogasse com a paixão e com o amor. Porque nem todos os meus amantes foram platônicos. Eu fui para a cama com os poetas. Não com muitos, mas com alguns eu fui para a cama. Eu era, apesar das aparências, uma mulher, não uma santa. E certamente fui para a cama com mais de um.

A maioria foram amores de uma só noite, jovens bêbados que arrastei para uma cama ou uma poltrona de um quarto apartado enquanto no quarto vizinho ressoava uma música bárbara que agora prefiro não evocar. Outros, a minoria, foram amores desgraçados que se prolongaram além de uma noite e além de um fim de semana, nos quais meu papel foi mais o de uma psicoterapeuta que o de uma amante. De resto, não me queixo. Com a perda dos meus dentes eu tinha resistência em dar ou receber beijos, e que amor pode se sustentar por muito tempo se não te beijam na boca? Mesmo assim fui para a cama e fiz amor com gana. A palavra é gana. É preciso ter gana para fazer amor. É preciso também ter uma oportunidade, mas sobretudo é preciso ter gana.

A esse respeito tem uma história daqueles anos que talvez não fosse inútil contar. Conheci uma moça na faculdade. Foi na época em que me apaixonei pelo teatro. Era uma moça encantadora. Tinha se formado em Filosofia. Era muito culta e muito elegante. Eu estava adormecida numa poltrona do teatro da faculdade (um teatro praticamente inexistente) e sonhava com a minha infância ou com extraterrestres. Ela se sentou ao meu lado. O teatro, claro, estava vazio: no palco um grupo lamentável ensaiava uma obra de García Lorca. Não sei em que momento acordei. Ela então me disse: você é Auxilio Lacouture, não é?, e me falou com tanto calor que na mesma hora simpatizei com ela. Tinha uma voz um pouco rouca, cabelos negros penteados para trás, não muito compridos. Depois disse algo divertido ou fui eu que lhe disse algo divertido, e desatamos a rir, baixinho, para que o diretor não nos ouvisse, o diretor era um sujeito que tinha sido meu amigo em 68 mas que agora tinha virado um mau diretor de teatro, e ele sabia disso, o que o fazia estar ressentido com todo o mundo. Depois saímos juntas para as ruas da Cidade do México.

Ela se chamava Elena e me convidou para um café. Falou que tinha muitas coisas a me dizer. Disse que fazia muito tempo tinha vontade de me conhecer. Ao sair da faculdade eu me dei conta de que ela era manca. Não muito, mas evidentemente era manca. Elena, a filósofa. Tinha um Volkswagen e me levou a uma cafeteria da Insurgentes Sur. Eu nunca estivera ali antes. Era um lugar charmoso e muito caro, mas Elena tinha dinheiro e muita vontade de falar comigo, embora no fim das contas a única que falou fui eu. Ela escutava e ria, parecia feliz da vida, mas não falou muito. Quando nos separamos, pensei: o que é que ela tinha para me dizer?, de que queria falar comigo?

A partir de então costumávamos nos encontrar de tempos em tempos, no teatro ou nos corredores da faculdade, quase sempre ao entardecer, quando a noite começa a cair sobre a universidade e algumas pessoas não sabem aonde ir nem o que fazer das suas vidas. Eu encontrava Elena, e Elena me convidava para tomar alguma coisa ou comer em algum restaurante da Insurgentes

Sur. Uma vez me convidou à sua casa, em Coyoacán, uma casa linda, pequenina mas linda, muito feminina e muito intelectual, cheia de livros de filosofia e de teatro, porque Elena pensava que a filosofia e o teatro estavam intimamente relacionados. Uma vez me falou sobre isso, mas eu mal entendi uma palavra. Para mim o teatro estava relacionado com a poesia, para ela com a filosofia, cada louco com sua mania. Até que de repente parei de vê-la. Não sei quanto tempo passou. Meses, talvez. Claro, perguntei a algumas secretárias da faculdade o que havia acontecido com Elena, se estava doente ou viajando, se sabiam alguma coisa dela, e ninguém soube me dar uma resposta convincente. Uma tarde decidi ir à sua casa mas me perdi. Era a primeira vez que acontecia uma coisa dessas! Desde setembro de 1968 não tinha me perdido uma só vez no labirinto do DF! Antes sim, antes costumava me perder, não com muita freqüência, mas costumava me perder. Depois não. E agora estava eu ali, procurando sua casa e não a encontrava, então disse comigo mesma: tem algo estranho aqui, Auxilio, menina, abra os olhos e preste atenção nos detalhes, para não perder o mais importante dessa história. E foi o que fiz. Abri os olhos e vaguei por Coyoacán até as onze e meia da noite, cada vez mais perdida, cada vez mais cega, como se a pobre Elena houvesse morrido ou nunca houvesse existido.

Assim passou algum tempo. Deixei meu cargo de agregada teatral. Voltei ao convívio dos poetas e minha vida tomou um rumo que não vale a pena explicar. A única coisa certa é que deixei de ajudar esse diretor veterano de 68, não porque sua direção me parecesse ruim, e era mesmo, mas por fastio, porque precisava respirar e vagabundar, porque meu espírito me pedia outro tipo de inquietação.

E um dia, quando eu menos esperava, tornei a encontrar Elena. Foi na cafeteria da faculdade. Eu estava ali, improvisando uma pesquisa sobre a beleza dos estudantes e de repente a vi, numa mesa apartada, num canto, e embora a princípio tenha me parecido a mesma de sempre, conforme fui me aproximando, uma aproximação que não sei por que dilatei parando em cada mesa e mantendo conversas curtas e um tanto vergonhosas, notei que algo havia mudado nela, mas naquele momento não pude precisar o que havia mudado. Quando ela me viu, isso eu posso garantir, me cumprimentou com o mesmo carinho e simpatia de sempre. Estava... não sei como dizer. Talvez mais magra, mas na realidade não estava mais magra. Talvez mais abatida, embora na realidade não estivesse mais abatida. Talvez mais calada, mas me bastaram três minutos para me dar conta de que também não estava mais calada. Pode ser que estivesse com as pálpebras inchadas. Pode ser que estivesse com a cara inteira um pouco mais inchada, como se estivesse tomando cortisona. Mas não. Meus olhos não podiam me enganar: era a mesma de sempre.

Naquela noite não desgrudei dela. Ficamos um instante na cafeteria que pouco a pouco foi se esvaziando de estudantes e professores, no fim ficamos só nós duas, a faxineira e um homem de meia-idade, um sujeito muito simpático e muito triste que atendia no balcão. Depois nos levantamos (ela disse que a cafeteria naquela hora parecia sinistra; eu calei minha opinião, mas agora não vejo por que não dá-la: a cafeteria naquela hora me parecia magnífica, gasta e majestosa, pobre e libérrima, penetrada pelos últimos esplendores do sol do vale, uma cafeteria que me pedia com um sussurro que ficasse ali até o fim e lesse um poema de Rimbaud, uma cafeteria pela qual valia a pena chorar), entramos em seu carro e ela disse, quando já havíamos percorrido um bom trecho, que ia me apresentar um sujeito extraordinário, disse assim, extraordinário, Auxilio, disse, quero que você o conheça e que depois me dê sua opinião, mas eu me dei conta na mesma hora de que minha opinião não lhe interessava a mínima. E também disse: depois que eu o apresentar a você, vá embora, que preciso falar com ele a sós. E eu respondi claro, Elena, está bem. Você o apresenta e depois vou embora. A bom entendedor, meia palavra basta. Além do mais, esta noite tenho o que fazer. O que você tem que fazer?, ela perguntou. Tenho de ver os poetas da rua Bucareli, disse eu. E então rimos como bobas e quase batemos o carro, mas em meu foro íntimo eu ia pensando, pensando, e cada vez que pensava via que Elena não estava bem, sem poder precisar o que, objetivamente, me fazia vê-la assim.

Nessas, chegamos a um estabelecimento da Zona Rosa, uma espécie de tasca cujo nome esqueci mas que ficava na rua Varsovia e era especializada em queijos e vinhos, era a primeira vez que eu ia a um lugar assim, quero dizer a um lugar tão caro, e a verdade é que me deu de repente uma fome danada, porque sou a mais magra das magras mas, quando se trata de comer, sou capaz de me comportar como a glutona irredenta do Cone Sul, como a Emily Dickinson da bulimia, mais ainda se botam na mesa uma variedade de queijos que nem dá pra acreditar, e uma variedade de vinhos que fazem a gente tremer dos pés à cabeça. Não sei com que cara fiquei, mas Elena se compadeceu de mim e me disse fique para comer conosco, se bem que por baixo me deu uma cotovelada que significava: fique para comer conosco mas depois pique a mula. Eu fiquei para comer com eles, beber com eles, provei uns quinze queijos diferentes, tomei uma garrafa de Rioja e conheci o homem extraordinário, um italiano que estava de passagem pela cidade e que na Itália era amigo, dizia ele, de Giorgio Strehler, e ele simpatizou comigo, ou é o que deduzo agora, pois quando eu disse que tinha de ir embora pela primeira vez, ele disse fique, Auxilio, que pressa é esta, e quando eu falei que tinha de ir pela segunda vez, ele disse não vá, mulher de conversa portentosa (falou assim mesmo), a noite é uma criança, e quando eu disse que tinha de ir pela terceira vez, ele falou chega de tanta história, Auxilio, por acaso Elena e eu te ofendemos?, e então Elena me deu outra cotovelada por baixo da mesa e sua voz serena e bem timbrada disse fique, Auxilio, depois dou uma carona até onde você tiver de ir, e eu olhava para os dois e assentia, extasiada de queijo e vinho, e não sabia mais o que fazer, se ir ou não ir embora, se a promessa de Elena queria dizer o que queria dizer ou queria dizer outra coisa. Nesse dilema, decidi que o melhor que tinha a fazer era ficar calada e escutar. E foi o que fiz.

O italiano se chamava Paolo. Com isso acho que disse tudo. Ele havia nascido numa cidadezinha perto de Turim, media um metro e oitenta pelo menos, tinha cabelo castanho e comprido, tinha também uma barba enorme, e Elena e qualquer outra mulher podiam se perder sem nenhum problema entre seus braços. Era um estudioso do teatro moderno, mas não viera ao México estudar nenhuma manifestação teatral. Na verdade, a única coisa que fazia no México era esperar um visto e uma data para viajar a Cuba a fim de entrevistar Fidel Castro. Já estava esperando havia muito tempo. Uma vez lhe perguntei por que demoravam tanto. Ele me disse que os cubanos primeiro o estavam estudando. Não era qualquer um que podia se aproximar de Fidel Castro.

Ele já havia estado uma ou duas vezes em Cuba, o que, conforme dizia, e Elena corroborava suas palavras, o tornava suspeito para a polícia mexicana, mas eu nunca vi nenhum policial vagando ao seu redor. Se os visse, me disse Elena, é que seriam maus policiais, e Paolo era vigiado por agentes da secreta. O que era, obviamente, mais um ponto a meu favor, pois é público e notório que os policiais da secreta são os que mais se parecem com eles mesmos. Um policial da narcóticos, por exemplo, se você lhe tira a farda, pode parecer um operário, alguns até parecem líderes operários, mas um policial da secreta sempre será igualzinho a um policial da secreta.

Desde aquela noite fizemos amizade. Nós três íamos aos sábados e domingos assistir teatro de graça na Casa del Lago. Paolo gostava de ver os grupos de amadores que faziam teatro ao ar livre. Elena se sentava no meio, encostava a cabeça no braço de Paolo e não demorava a pegar no sono. Elena não gostava dos atores amadores. Eu me sentava à direita de Elena, e a verdade é que prestava pouca atenção ao que acontecia no palco, pois ficava o tempo todo olhando disfarçada para ver se surpreendia um agente da secreta. E a verdade é que descobri não um, mas vários. Quando contei isso a Elena, ela caiu na risada. Não pode ser, Auxilio, disse, mas eu sabia que não me enganava. Depois compreendi a verdade. A Casa del Lago, nos sábados e domingos, se enchia literalmente de espiões, mas nem todos iam no encalço de Paolo, a maioria estava ali vigiando outras pessoas. Algumas delas, nós conhecíamos da universidade ou de grupos teatrais independentes e as cumprimentávamos. Outras nunca tínhamos visto e só podíamos imaginar e nos compadecer do itinerário que elas e seus perseguidores iam seguir.

Não demorei a perceber que Elena estava apaixonada por Paolo. O que vai fazer quando ele finalmente for para Cuba?, perguntei um dia. Não sei, falou, e em sua carinha de menina mexicana solitária acreditei ver um brilho ou uma desolação que já tinha visto outras vezes e que nunca trazia nada de bom. O amor nunca traz nada de bom. O amor sempre traz algo melhor. Mas o melhor às vezes é pior, se você é mulher, se você vive neste continente que em má hora foi encontrado pelos espanhóis, que em má hora foi povoado por esses asiáticos extraviados.

Era o que eu pensava trancada no banheiro feminino do quarto andar da Faculdade de Filosofia e Letras em setembro de 1968. Pensava nos asiáticos que cruzaram o estreito de Behring, pensava na solidão da América, pensava em quão curioso é emigrar para o leste e não para o oeste. Porque sou uma tonta e não sei nada desse assunto, mas ninguém vai negar nesta hora convulsa que emigrar para o leste é como emigrar para a noite mais negra. Era o que eu pensava. Sentada no chão, com as costas apoiadas na parede e a vista perdida nas manchas do teto. Para o leste. Para o lugar de onde vem a noite. Mas depois pensei: também é esse o lugar de onde vem o sol. Depende da hora em que os peregrinos iniciaram a caminhada. Então dei um tapa na testa (um tapinha leve, porque minhas forças, depois de tantos dias sem comer, eram escassas), e vi Elena andando por uma rua solitária da colônia Roma, vi Elena andando rumo ao leste, rumo à noite mais negra, sozinha, mancando, bem vestida, vi-a e gritei: Elena!, mas de meus lábios não saiu nenhum som.

Elena se virou para mim e me disse que não sabia o que ia fazer. Talvez partir para a Itália, disse. Talvez esperar que ele viesse outra vez ao México. Não sei, me disse sorrindo, e eu soube que ela sabia muito bem o que ia fazer e que não lhe importava. O italiano, por sua vez, se deixava querer e passear pelo DF. Não lembro mais a quantos lugares fomos juntos, a Villa, a Coyoacán, a Tlatelolco (nesta eu não fui, foram ele e Elena, não pude ir), às encostas do Popocatépetl, a Teotihuacán, e em toda parte o italiano era feliz, e Elena também era feliz, e eu era feliz porque sempre gostei de passear e estar em companhia de gente que é feliz.

Um dia, na Casa del Lago, até encontramos Arturito Belano. Apresentei-o a Elena e a Paolo. Disse a eles que era um poeta chileno de dezoito anos. Expliquei que escrevia não só poemas, mas também teatro. Paolo disse que interessante. Elena não disse nada, porque para Elena, naquela altura, só parecia interessante sua relação com Paolo. Fomos tomar café num lugar que se chamava El Principio de México e que ficava (foi fechado faz tempo) na rua Tokio. Não sei por que me lembro dessa tarde. Essa tarde de 1971 ou 1972. O mais curioso é que me lembro dela vista do meu mirante de 1968. Da minha atalaia, do meu vagão de metrô que sangra, do meu imenso dia de chuva. Do banheiro feminino do quarto andar da Faculdade de Filosofia e Letras, minha nave do tempo da qual posso observar todos os tempos em que respire Auxilio Lacouture, que não são muitos, mas que são. Lembro que Arturo e o italiano falaram de teatro, do teatro da América Latina, que Elena pediu um cappuccino e que estava mais para calada, e que eu fiquei olhando as paredes e o chão do El Principio de México pois logo notei uma coisa estranha, a mim certas coisas não passam despercebidas, era como um ruído, um vento ou um suspiro que soprava a intervalos regulares pelos alicerces da cafeteria. E assim foram se passando os minutos, com Arturo e Paolo falando de teatro, com Elena silenciosa e comigo que girava a cabeça a cada instante seguindo o rastro dos ruídos que estavam minando não mais os alicerces de El Principio de México, mas de toda a cidade, como se me avisassem, com alguns anos de antecipação ou alguns séculos de atraso, do destino do teatro latino-americano, da natureza dupla do silêncio e da catástrofe coletiva de que os ruídos inverossímeis costumam ser arautos. Os ruídos inverossímeis e as nuvens. Paolo parou então de conversar com Arturo e disse que naquela manhã tinha chegado o visto de viagem para Cuba. E isso foi tudo. Cessaram os ruídos. Rompeu-se o pensativo silêncio. Esquecemos o teatro latino-americano, inclusive Arturo, que não se esquecia de nada de uma hora para a outra, se bem que o teatro que ele preferia não era precisamente o latino-americano mas o de Beckett e o de Jean Genet. E nos pusemos a falar de Cuba e da entrevista que Paolo ia fazer com Fidel Castro, e acabou-se assim. Nos despedimos na Reforma. Arturo foi o primeiro a se ir. Depois se foram Elena e seu italiano. Fiquei parada, sorvendo o ar que passava pela avenida, e os vi se afastar. Elena mancava mais que de costume. Pensei em Elena. Respirei. Tremi. Vi como se afastava mancando ao lado do italiano. E de repente só via Elena. O italiano começou a desaparecer, a tornar-se transparente, toda a gente que andava pela Reforma ficou transparente. Só Elena, seu casaco e seus sapatos existiam para meus olhos doloridos. E aí pensei: resista, Elena. E também pensei: corra até ela e abrace-a. Mas ela ia viver suas últimas noites de amor e eu não podia incomodá-la.

Depois daquele dia passou muito tempo sem que eu soubesse nada de Elena. Ninguém sabia nada. Um de seus amigos me disse: desaparecida em combate. Outro: parece que foi para Puebla, para a casa dos pais. Eu sabia que Elena estava no DF. Um dia procurei sua casa e me perdi. Outro dia consegui seu endereço na universidade e fui de táxi, mas ninguém abriu a porta para mim. Voltei com os poetas, voltei para a minha vida noturna e esqueci Elena. Às vezes sonhava com ela e a via mancando pelo campus infinito da UNAM. Às vezes eu me punha à janela do meu banheiro das mulheres no quarto andar e a via se aproximar da faculdade no meio de um rodamoinho de transparências. Às vezes eu adormecia nos ladrilhos do chão e ouvia seus passos subindo a escada, como se viesse me resgatar, como se viesse me dizer desculpe por ter demorado tanto. Eu abria a boca, meio morta ou meio adormecida, e dizia *chido*,* Elena, uma palavrinha de gíria mexicana que nunca utilizo porque acho horrorosa. *Chido, chido, chido.* Que horror. A gíria mexicana é masoquista. E, às vezes, sadomasoquista.

---

* Tudo bem. (N. T.)

6.

O amor é assim, meus amiguinhos, digo eu, que fui a mãe de todos os poetas. O amor é assim, a gíria é assim, as ruas são assim, os sonetos são assim, o céu das cinco da manhã é assim. Já a amizade, não é assim. Na amizade você nunca está sozinho. Fui amiga de León Felipe e de dom Pedro Garfias, mas também fui amiga dos mais jovens, daqueles meninos que viviam na solidão do amor e na solidão da gíria.

Um deles era Arturito Belano.

Eu o conheci, fui sua amiga e ele foi meu poeta jovem favorito, ou meu poeta jovem preferido, embora não fosse mexicano e a denominação "poeta jovem", "jovem poesia" ou "nova geração" fosse empregada basicamente para se referir aos jovens mexicanos que tentavam assumir o lugar de Pacheco, ou do conspícuo grego de Guanajuato, ou daquele gordinho que trabalhava na Secretaria de Governo à espera de que o governo mexicano lhe desse alguma embaixada ou algum consulado, ou dos Poetas Camponeses, que já não me lembro se eram três, quatro ou cinco vaqueiros do apocalipse nerudiano, e Arturo Belano, apesar de ser o mais moço de todos ou o mais moço por um tempo, não era mexicano, logo não entrava na denominação "poeta jovem" nem "jovem poesia", uma massa informe mas viva cuja meta era sacudir o tapete ou a terra fecunda onde pastavam como estátuas Pacheco, o grego de Guanajuato, ou Aguascalientes, ou Irapuato, e o gordinho a quem o passar do tempo havia transformado num submisso gordo seboso (como costuma acontecer com os poetas), e os Poetas Camponeses cada dia mais e melhor instalados (que digo, aposentados, aparafusados, enraizados desde o início do seu tempo) na burocracia (administrativa e literária). E o que os poetas jovens ou a nova geração pretendiam era dar uma sacudida geral e, chegada a hora, destruir essas estátuas, salvo a de Pacheco, o único que parecia escrever de verdade, o único que não parecia funcionário. Mas, no fundo, eles também estavam contra Pacheco. No fundo eles *tinham* necessariamente de estar contra todos. De modo que quando eu lhes dizia mas José Emilio é encantador, é terníssimo, é fascinante e além do mais é um verdadeiro cavalheiro, os poetas jovens do México (e Arturito entre eles, mas Arturito não era um deles) olhavam para mim como se dissessem o que está dizendo essa louca, o que está dizendo essa assombração saída diretamente do inferno do banheiro feminino do quarto andar da Faculdade de Filosofia e Letras, e diante de uns olhares assim a gente geralmente não sabe o que argumentar, menos eu, claro, que era a mãe de todos eles e que nunca me intimidava.

    Uma vez contei a eles uma história que tinha ouvido da boca de José Emilio: se Rubén Darío não tivesse morrido tão moço, antes de fazer cinqüenta, seguramente Huidobro o teria conhecido, mais ou menos da mesma maneira como Ezra Pound conheceu W. B. Yeats. Imaginem só: Huidobro secretário de Rubén Darío. Mas os jovens poetas eram jovens e não sabiam calibrar a importância que teve para a poesia em língua inglesa (e, na realidade, para a poesia do mundo todo) o encontro entre o velho Yeats e o jovem Pound, portanto também não se davam conta da importância que teria tido o hipotético encontro entre Darío e Huidobro, a possível amizade, o leque de possibilidades perdidas para a poesia da nossa língua. Porque, digo eu, Darío teria ensinado muito a Huidobro, mas Huidobro também teria ensinado coisas a Darío. A relação entre o mestre e o discípulo é assim: aprende o discípulo e aprende também o mestre. E já que estamos supondo: eu acredito, e Pacheco também acreditava (e aí reside uma das grandezas de José Emilio, em seu inocente entusiasmo), que Darío teria aprendido mais e teria sido capaz de pôr fim ao modernismo e iniciar algo de novo, que não teria sido a vanguarda mas uma coisa próxima da vanguarda, digamos uma ilha entre o modernismo e a vanguarda, uma ilha que agora chamamos de ilha inexistente, palavras que nunca foram e que só poderiam ter sido (agora já é supor demais) depois do encontro imaginário entre Darío e Huidobro, e o próprio Huidobro após seu frutuoso encontro com Darío teria sido capaz de fundar uma vanguarda ainda mais vigorosa, uma vanguarda que agora chamamos de vanguarda inexistente e que, se houvesse existido, teria nos feito diferentes, teria mudado nossa vida. Era o que eu dizia aos poetas jovens do México (e a Arturito Belano) quando falavam mal de José Emilio, mas eles não me ouviam ou só ouviam a parte anedótica da história, as viagens de Darío e as viagens de Huidobro, as estadas em hospitais, uma saúde diferente, não condenada a se apagar prematuramente como se apagam tantas coisas na América Latina.

    Então eu me calava e eles continuavam falando (mal) dos poetas do México, cujas mães não poupavam, e eu me punha a pensar nos poetas mortos como Darío e Huidobro e nos encontros que nunca ocorreram. A verdade é que nossa história está cheia de encontros que nunca ocorreram, não tivemos nosso Pound nem nosso Yeats, tivemos Huidobro e Darío. Tivemos o que tivemos.

E inclusive, esticando a corda com que todos vão se enforcar, menos eu, em algumas noites meus amigos pareciam encarnar por um segundo aqueles que nunca existiram: os poetas da América Latina mortos aos cinco ou aos dez anos, os poetas mortos com poucos meses de vida. Era difícil, e além do mais era ou parecia inútil, mas algumas noites de luzes violáceas eu via em seus rostos as carinhas dos bebês que não cresceram. Eu via os anjinhos que na América Latina são enterrados em caixas de sapato ou em pequenos ataúdes de madeira pintados de branco. E às vezes eu me dizia: esses rapazes são a esperança. Mas outras vezes eu me dizia: como vão ser a esperança, como vão ser a espumante esperança esses jovens beberrões que só sabem falar mal de José Emilio, esses jovens bêbados peritos na arte da hospitalidade mas não na da poesia.

E então os jovens poetas do México desandavam a recitar com suas vozes profundas mas irremediavelmente juvenis, e os versos que eles recitavam se iam com o vento pela ruas do DF, e eu me punha a chorar, e eles diziam Auxilio está de porre, ilusão, é preciso muito álcool para que eu fique de porre, diziam está chorando porque fulano a largou, e eu os deixava dizer o que quisessem. Ou brigava com eles. Ou os insultava. Ou levantava da minha cadeira e ia embora sem pagar, porque eu nunca ou quase nunca pagava. Eu via o passado, e as que vêem o passado nunca pagam. Também via o futuro, e essas sim pagam um preço elevado, em certas ocasiões o preço é a vida ou o juízo, e tenho para mim que naquelas noites esquecidas eu estava pagando sem que ninguém percebesse as rodadas de todos, os que iam ser poetas e os que nunca seriam poetas.

Eu ia embora e parecia que não pagava. Não pagava porque

via o torvelinho do passado que passava como uma exalação do ar quente pelas ruas do DF quebrando as vidraças dos edifícios. Mas eu também via o futuro, olhando da minha caverna abolida do banheiro feminino do quarto andar, e estava pagando por aquilo com a minha vida. Ou seja, eu ia embora e pagava, se bem que ninguém percebesse! Eu pagava a minha conta, pagava a conta dos jovens poetas do México e a conta dos alcoólatras anônimos do bar em que estivéssemos. E ia embora cambaleando pelas ruas da Cidade do México, seguindo minha sombra esquiva, só e chorosa, sentindo o que provavelmente poderia sentir a última uruguaia sobre o planeta Terra, embora eu não fosse a última, que presunção, e as crateras iluminadas por centenas de luas que eu percorria não eram as da Terra mas as da Cidade do México, o que parece a mesma coisa mas não é.

Uma vez senti que alguém me seguia. Não sei onde estávamos. Pode ser que numa cantina nos arredores de La Villa, pode ser que em algum antro da colônia Guerrero. Não lembro. Só sei que continuei andando, abrindo caminho entre os escombros, sem prestar muita atenção nas passadas que vinham atrás das minhas passadas, até que de repente o sol noturno se apagou, parei de chorar, voltei à realidade com um calafrio e compreendi que aquele que me seguia queria a minha morte. Ou a minha vida. Ou as minhas lágrimas que aspergiam essa realidade odiosa como nossa língua amiúde adversa. Então parei e esperei, e os passos que vinham atrás dos meus passos pararam e esperaram, e eu olhei para as ruas em busca de algum conhecido ou desconhecido atrás do qual pudesse sair gritando, agarrar pelo braço e pedir que me acompanhasse a uma estação de metrô ou até que encontrasse um táxi, mas não vi ninguém. Ou talvez sim. Vi algo. Fechei os olhos, depois abri os olhos e vi as paredes de ladrilhos brancos do banheiro feminino do quarto andar. Depois tornei a fechar os olhos e ouvi o vento que varria o campus da

Faculdade de Filosofia e Letras com uma meticulosidade digna de melhor empenho. E pensei: a História é assim, um conto curto de terror. E quando abri os olhos, uma sombra se descolou de uma parede, na mesma calçada, a uns dez metros, e começou a avançar na minha direção, e eu enfiei a mão na minha bolsa, que bolsa nada, na minha mochila de Oaxaca, e procurei meu canivete, que sempre levava comigo na previsão de alguma catástrofe urbana, mas as pontas dos meus dedos, suas polpas que ardiam, só apalparam papéis, livros, revista e até roupa de baixo limpa (lavada à mão sem sabão, só com água e vontade numa das pias desse quarto andar ubíquo como um pesadelo), mas não o canivete, ai, meus amiguinhos, outro terror recorrente e mortalmente latino-americano: procurar sua arma e não a encontrar, procurá-la onde você a deixou e não achá-la.

É assim que acontece conosco.

E foi assim que aconteceu comigo. Mas quando a sombra que queria a minha morte e, se não minha morte pelo menos a minha dor e a minha humilhação, começou a avançar para o portal onde eu tinha me escondido, outras sombras apareceram por aquela rua que teria podido se transformar no resumo das minhas ruas do terror e me chamaram: Auxilio, Auxilio, Socorro, Amparo, Caridad, Remedios Lacouture, onde você se enfiou? E entre essas vozes que me chamavam reconheci a voz do melancólico e inteligente Julián Gómez, e a outra voz, mais risonha, era a de Arturito Belano, disposto como sempre para a briga. Então a sombra que procurava minha aflição se deteve, olhou para trás, depois continuou avançando e passou ao meu lado, um tipo comum e corrente de mexicano saído do tártaro, e junto com ele passou um ar morno e ligeiramente úmido que evocava geometrias instáveis, que evocava solidões, esquizofrenias e carnificinas, e nem sequer olhou para mim esse perfeito filho-da-puta.

Depois fomos para o centro, os três juntos, Julián Gómez e Arturito Belano continuavam falando de poesia, e no Encrucijada Veracruzana juntaram-se a nós outros dois ou três poetas, ou talvez somente jornalistas, ou futuros professores da escola preparatória, e todos continuavam falando de poesia, de nova poesia, mas eu não falava, eu escutava as batidas do meu coração, impressionada com a sombra que havia passado a meu lado e da qual eu não tinha dito uma só palavra, e não me dei conta de que o diálogo se converteu em discussão, e a discussão em gritos e insultos. Depois nos botaram para fora do bar. Depois saímos andando pelas ruas vazias do DF das cinco da manhã e um a um fomos nos dispersando, cada qual para a sua casa, eu também, que naqueles dias morava numa água-furtada na colônia Roma Norte, na rua Tabasco, e, como Arturito Belano morava na colônia Juárez, na rua Versalles, fomos andando juntos, embora segundo o guia do escoteiro ele devia virar para oeste, na direção da Glorieta de Insurgentes ou da Zona Rosa, pois morava bem na esquina da Versalles com a Berlín, enquanto eu devia seguir para o sul. Mas Arturito Belano preferiu desviar um pouco do seu caminho e me fazer companhia.

Naquela hora da noite a verdade é que nenhum dos dois estávamos muito tagarelas e, apesar de ocasionalmente falarmos do rolo na Encrucijada Veracruzana, mais que outra coisa caminhávamos e respirávamos, como se com a madrugada o ar do DF tivesse se purificado, até que de repente, com sua voz mais despreocupada, Arturito disse que tinha se preocupado comigo naquela birosca de La Villa (*ergo* foi em La Villa), e então eu perguntei por quê e ele disse porque tinha visto, ele também, anjinho, a sombra que ia atrás da minha sombra, e eu com total à-vontade olhei para ele, levei a mão à boca e disse: era a sombra da morte. Então ele riu, porque não acreditava na sombra da morte, mas seu riso, embora descrente, não foi de modo algum ofensivo. Seu riso era como se dissesse que viagem, Auxilio, que papo mais furado esse da sombra. Tornei a levar a mão à boca, parei e disse: se não fossem o Julián e você, agora eu estaria morta. Arturito me ouviu e pôs-se a andar de novo. E eu me pus a andar ao seu lado. Assim, sem nos dar conta, parando e falando, ou caminhando em silêncio, chegamos até a entrada do edifício onde eu morava. E foi tudo.

Depois, em 1973, ele decidiu voltar para a sua pátria a fim de fazer a revolução, e eu fui a única, além de sua família, que foi se despedir dele na rodoviária, pois Arturito Belano foi por terra, uma viagem longa, longuíssima, carregada de perigos, a viagem iniciática de todos os pobres rapazes latino-americanos, percorrer esse continente absurdo que entendemos mal ou que simplesmente não entendemos. E, quando Arturito Belano se aproximou da janela do ônibus para nos acenar seu adeus, não foi só sua mãe que chorou, eu também chorei, inexplicavelmente meus olhos se encheram de lágrimas, como se aquele rapaz também fosse meu filho e eu temesse que aquela fosse a última vez que ia vê-lo.

Naquela noite dormi na casa da família dele, sobretudo para fazer companhia à sua mãe, e me lembro que ficamos conversando até tarde de coisas de mulheres, apesar de meus temas de conversa não serem propriamente os típicos das mulheres; falamos dos filhos que crescem e vão embora se arriscar pelo vasto mundo, falamos da vida dos filhos que se separaram dos pais e saem em busca do desconhecido no vasto mundo. Depois falamos do vasto mundo em si mesmo. Um vasto mundo que para nós, na realidade, não era tão vasto. Depois a mãe de Arturo me tirou o tarô, leu as cartas para mim e disse que minha vida ia mudar, e eu falei puxa, que bom, você não sabe como seria bem-vinda uma mudança neste momento. Depois preparei um café, não sei que horas seriam, mas era muito tarde e nós duas devíamos estar cansadas apesar de não deixarmos transparecer, e quando voltei para a sala e dei com a mãe de Arturo tirando as cartas sozinha, numa mesinha de centro que havia na sala, fiquei um instante observando-a sem dizer nada, ali estava ela, sentada no sofá com uma expressão de concentração no rosto (mas por trás da concentração dava para ver também um pouco de perplexidade), enquanto suas mãos pequenas manejavam as cartas como se estivessem arrancadas do seu corpo. Estava tirando o tarô para si mesma, logo me dei conta, e o que saía nas cartas era terrível, mas isso não era importante. O importante era algo um pouco mais difícil de discernir. O importante era que ela estava sozinha e me aguardava, o importante era que não tinha medo.

Naquela noite, eu gostaria de ter sido mais inteligente do que sou. Gostaria de ter sido capaz de consolá-la. Em vez disso, a única coisa que pude fazer foi levar-lhe o café e dizer que não se preocupasse, que tudo ia correr bem.

Na manhã seguinte fui embora, apesar de não ter para onde ir, salvo à faculdade, aos bares, cafeterias e cantinas de sempre, mesmo assim fui embora, não gosto de abusar.

7.

Quando Arturo voltou para o México, em janeiro de 1974, já era outro. Allende tinha caído, e ele havia cumprido com seu dever, assim me contou sua irmã. Arturito tinha cumprido com seu dever, e sua consciência, sua terrível consciência de machinho latino-americano, em teoria não tinha nada a se censurar. Quando Arturo voltou para o México, já era um desconhecido para todos os seus antigos amigos, menos para mim. Porque eu nunca deixei de aparecer na casa dele para saber de notícias suas. Sempre ia lá. Discretamente. Já não ficava hospedada lá, só passava, batia um papinho com sua mãe ou com sua irmã (com seu pai não, porque não gostava de mim), depois ia embora e não voltava antes de um mês. Assim soube das suas aventuras na Guatemala, em El Salvador (onde ficou bastante tempo na casa do amigo Manuel Sorto, que também tinha sido amigo meu), na Nicarágua, na Costa Rica, no Panamá. No Panamá havia brigado com um negro panamenho por uma bobagem qualquer. Ai, como sua irmã e eu rimos depois dessa carta! O negro, segundo Arturo, media um metro e noventa e devia pesar cem quilos, e ele media um e setenta e seis e não passava dos sessenta e cinco. Depois pegou um navio em Cristóbal e o navio o levou pelo oceano Pacífico até a Colômbia, o Equador, o Peru e, por fim, o Chile. Encontrei sua irmã e sua mãe na primeira passeata organizada no México depois do golpe. Na época não sabiam nada de Arturo e todas temíamos pelo pior. Eu me lembro dessa passeata, talvez a primeira que se fez na América Latina por causa da queda de Allende. Nela, vi algumas caras conhecidas de 68 e alguns irredutíveis da faculdade, vi principalmente jovens mexicanos generosos. Mas também vi algo mais: vi um espelho, enfiei a cabeça dentro do espelho e vi um vale enorme e desabitado, e a visão do vale encheu meus olhos de lágrimas, entre outras razões porque naqueles dias eu não parava de chorar por qualquer coisinha. O vale que eu vi, no entanto, não era uma coisinha qualquer. Não sei se era o vale da felicidade ou o vale da desdita. Mas eu o vi, e então vi a mim mesma trancada no banheiro das mulheres e me lembrei que tinha sonhado, quando estava lá, com o mesmo vale e que ao acordar desse sonho ou pesadelo tinha desatado a chorar, ou vai ver que as lágrimas é que me acordaram. Nesse setembro de 1973 aparecia o sonho de setembro de 1968, e isso com certeza queria dizer algo, essas coisas não acontecem por acaso, ninguém sai ileso das concatenações, permutações ou disposições do acaso, talvez Arturito já esteja morto, pensei, talvez esse vale solitário seja a figuração do vale da morte, porque a morte é o báculo da América Latina, e a América Latina não pode caminhar sem seu báculo. Mas então a mãe de Arturo me pegou pelo braço (eu estava meio atarantada) e avançamos todas juntas gritando *o povo unido jamais será vencido*, ai, só de lembrar as lágrimas começam a rolar outra vez.

    Duas semanas depois falei com a irmã dele por telefone e

ela me disse que Arturo estava vivo. Respirei. Que alívio. Mas eu tinha de seguir em frente. Eu era a mãe caminhante. A transeunte. A vida me embarcou em outras histórias.

Uma noite, enquanto observava debruçada num mar de tequila como um grupo de amigos tentava rasgar uma *piñata* no jardim de uma casa da colônia Anzures, ocorreu-me que aqueles dias eram os mais adequados para ligar novamente para elas. Quem atendeu foi sua irmã, com uma voz de sono. Feliz Natal, disse a ela. Feliz Natal, ela me disse. Depois me perguntou onde eu estava. Com gente amiga, respondi. E Arturo? Voltará para o México mês que vem, ela me disse. Que dia?, perguntei. Não sabemos, disse ela. Gostaria de estar no aeroporto, disse eu. Depois as duas ficamos caladas escutando o barulho da festa que vinha do quintal da casa onde eu estava. Você está bem?, perguntou a irmã. Estou *estranha*, falei. Bom, isso em você é normal, disse ela. Tão normal, não, disse eu, na maioria das vezes estou mais do que bem. A irmã de Arturo ficou um instante em silêncio, depois disse que na realidade quem se sentia *estranha* era ela. Por quê?, perguntei. A pergunta era pura retórica. A verdade é que nós duas tínhamos motivos mais do que suficientes para nos sentirmos *estranhas*. Não me lembro da sua resposta. Tornamos a nos desejar feliz Natal e desligamos.

Poucos dias depois, em janeiro de 1974, Arturito chegou do Chile e já era outro.

Quero dizer: era o mesmo de sempre, mas no fundo alguma coisa tinha mudado, ou tinha crescido, ou tinha mudado e crescido ao mesmo tempo. Quero dizer: a gente, seus amigos, começou a olhar para ele como se ele fosse outro apesar de ser o mesmo de sempre. Quero dizer: todos esperavam de alguma maneira que ele abrisse a boca e contasse as últimas notícias do Horror, mas ele se mantinha em silêncio, como se o que os demais esperavam houvesse se transformado numa linguagem incompreensível ou não lhe importasse picas.

E então seus melhores amigos deixaram de ser os poetas jovens do México, todos mais velhos do que ele, e ele começou a sair com os poetas jovenzíssimos do México, todos mais moços que ele, moleques de dezesseis anos, de dezessete, molecas de dezoito, que pareciam saídos do grande orfanato do metrô do DF, e não da Faculdade de Filosofia e Letras, seres de carne e osso que eu às vezes via assomados às janelas das cafeterias e dos bares da Bucareli e cuja simples visão me dava calafrios, como se não fossem de carne e osso, uma geração saída diretamente da ferida aberta de Tlatelolco, como formigas, como cigarras ou como pus, mas que não havia estado em Tlatelolco nem nas lutas de 68, crianças que quando eu estava trancada na universidade em setembro de 68 nem sequer tinham começado a fazer o curso preparatório. Esses eram os novos amigos de Arturito. E eu não fui imune à beleza deles. Não sou imune a nenhum tipo de beleza. Mas me dei conta (ao mesmo tempo que tremia ao vê-los) de que sua linguagem era outra, diferente da minha, diferente da dos jovens poetas, o que eles diziam, pobres passarinhos órfãos, José Augustín, o romancista da onda, não podia entender, nem os jovens poetas que metiam o pau em José Emilio Pacheco, nem José Emilio, que sonhava com o encontro impossível entre Darío e Huidobro, ninguém podia entendê-los, suas vozes que não ouvíamos diziam: não somos desta parte do DF, viemos do metrô, dos subterrâneos do DF, da rede de esgoto, vivemos no mais escuro e no mais sujo, ali onde o mais peitudo dos jovens poetas não poderia fazer outra coisa senão vomitar.

Pensando bem, foi normal que Arturo se unisse a eles e se afastasse paulatinamente de seus velhos amigos. Eles eram os filhos do esgoto, e Arturo sempre foi um filho do esgoto.

No entanto, um de seus velhos amigos não se afastou dele. Ernesto San Epifanio. Conheci primeiro Arturo, depois Ernesto San Epifanio, numa noite radiante de 1971. Na época Arturo era o mais moço do grupo. Depois chegou Ernesto, que era um ano ou alguns meses mais moço que ele, e Arturito perdeu essa posição equívoca e brilhante. Mas entre eles não houve inveja de nenhum tipo, e quando Arturo voltou do Chile, em janeiro de 1974, Ernesto San Epifanio continuou sendo seu amigo. O que aconteceu entre eles é bem curioso. E eu sou a única que pode contar. Naqueles dias Ernesto San Epifanio andava como se estivesse doente. Quase não comia e estava ficando que era osso só. Nas noites, essas noites do DF cobertas por sucessivos lençóis de linho, só bebia e mal falava com os outros, e quando saíamos à rua olhava para todos os lados como se tivesse medo de algo. Mas quando os amigos perguntavam o que estava acontecendo com ele, não dizia nada ou respondia com alguma citação de Oscar Wilde, um dos seus escritores favoritos, mas inclusive nesse ponto, o da engenhosidade, sua força havia enlanguescido e em seus lábios uma frase de Wilde, mais do que fazer pensar, estimulava uma sensação de perplexidade e comiseração. Uma noite lhe dei notícias de Arturo (tinha falado com a mãe e a irmã dele) e ele me escutou como se viver no Chile de Pinochet não fosse, no fundo, má idéia.

Nos primeiros dias após seu regresso, Arturo se manteve trancado em casa, quase sem pisar na rua, e para todos, menos para mim, foi como se não houvesse voltado do Chile. Mas fui à sua casa, falei com ele e soube que tinha sido preso, oito dias, e que embora não tenha sido torturado se comportou como um valente. Disse isso a seus amigos. Falei: Arturito voltou, e enfeitei seu retorno com cores emprestadas da paleta da poesia épica. E quando Arturito, certa noite, finalmente apareceu na cafeteria Quito, na Bucareli, seus antigos amigos, os poetas jovens, olharam para ele com um olhar que não era mais o mesmo. Por que não era o mesmo? Porque, para eles, Arturito agora estava instalado na categoria dos que viram a morte de perto, na subcategoria dos tipos durões, e isso, na hierarquia dos machinhos desesperados da América Latina, era um diploma, um jardim de medalhas nada desprezível. No fundo, há que acrescentar, ninguém o levava ao pé da letra. Quer dizer: a lenda tinha partido dos meus lábios, meus lábios ocultos pelo dorso da minha mão e, embora em essência tudo o que eu tinha dito dele quando ele permanecia trancado em sua casa fosse verdade, por vir de quem vinha, de mim, não merecia uma credibilidade excessiva. Assim são as coisas neste continente. Eu era a mãe e acreditavam em mim, mas também não acreditavam *muito*. Ernesto San Epifanio, no entanto, levou minhas palavras ao pé da letra. Nos dias anteriores à reaparição pública de Arturo me fez repetir suas aventuras no outro extremo do mundo, e a cada repetição seu entusiasmo crescia. Quer dizer: eu falava e inventava aventuras, e a languidez de Ernesto San Epifanio ia desaparecendo, ia desaparecendo sua melancolia, ou pelo menos languidez e melancolia se abalavam, se desempoeiravam, respiravam. De modo que quando Arturo reapareceu e todos quiseram ficar com ele, Ernesto San Epifanio também estava lá e, embora se mantendo num discreto segundo plano, participou com os demais das boas-vindas que seus velhos amigos lhe deram e que consistiu, se bem me lembro, em convidá-lo para umas cervejas e uns *chilaquiles** na cafeteria Quito, ágape sob todos os pontos de vista modesto, mas que correspondia à economia geral. Quando todos foram embora, Ernesto San Epifanio continuou ali, encostado no balcão do Encrucijada Veracruzana, porque a essa altura não estávamos mais no Quito, tínhamos mudado para o dito bar, enquanto Arturo, sozinho com seus fantasmas e sentado a uma mesa, fitava sua última tequila como se no fundo do copo estivesse se produzindo um naufrágio

---

* Prato típico da culinária mexicana, feito de *tortillas* com vegetais.

de proporções homéricas, algo impróprio vindo como vinha de um rapaz que ainda não fizera vinte e um anos. Então começou a aventura. Eu vi. Eu dou fé. Eu estava sentada em outra mesa, conversando com um jornalista novato da seção de cultura de um jornal do DF, e acabava de comprar um desenho da Lilian Serpas, e Lilian Serpas, depois de nos vender o desenho, tinha sorrido para nós com seu sorriso mais enigmático (mas a palavra enigma não é capaz de desenhar a escuridão abissal que era seu sorriso) e havia desaparecido na noite do DF, e eu explicava ao jornalista quem era Lilian Serpas, dizia a ele que o desenho não era dela mas do filho, contava a ele o pouco que sabia dessa mulher que aparecia e desaparecia pelos bares e cafeterias da avenida Bucareli. Nesse momento, enquanto eu falava e Arturo contemplava na mesa vizinha os redemoinhos conjecturais da sua tequila, Ernesto San Epifanio se afastou do balcão, sentou-se junto dele e por um instante eu só vi a cabeça dos dois, suas matas de cabelos compridos que caíam até os ombros, o de Arturo crespo e o de Ernesto liso e muito mais escuro, e conversaram um bom momento, enquanto o Encrucijada Veracruzana ia se esvaziando dos últimos noctâmbulos, os que de repente tinham pressa de ir embora e gritavam viva o México da porta, e os que estavam tão embriagados que nem sequer conseguiam levantar da cadeira.

E então eu me levantei, fiquei de pé ao lado deles como a estátua de cristal que gostaria de ser quando criança e escutei que Ernesto San Epifanio contava uma história terrível sobre o rei dos putos da colônia Guerrero, um cara que chamavam de Rei e que controlava a prostituição masculina desse típico e, por que não?, adorável bairro da capital. E o Rei, segundo Ernesto San Epifanio, tinha comprado seu corpo e agora ele lhe pertencia de corpo e alma (que é o que acontece quando por descuido alguém se deixa comprar) e, se não consentisse às suas requisições, a justiça e o rancor do Rei cairiam sobre ele e sobre a sua família. Arturito ouvia o que Ernesto dizia e de vez em quando levantava a cabeça do seu sorvedouro de tequila e procurava os olhos do seu amigo como se estivesse a se perguntar como Ernesto podia ter sido tão babaca para mergulhar de cabeça numa história assim. E Ernesto San Epifanio, como se lesse os pensamentos do amigo, disse que em determinado momento da vida todos os gays do México cometiam uma babaquice irreparável, depois disse que não tinha ninguém que o ajudasse e que se as coisas continuassem assim teria de se transformar em escravo do rei dos putos da colônia Guerrero. Então Arturito, o garoto que eu havia conhecido quando tinha dezessete anos, perguntou: e você quer que eu te ajude a dar um jeito nessa merda?, e Ernesto San Epifanio respondeu: essa merda não tem jeito, mas bem que eu gostaria que você me ajudasse. E Arturo perguntou: o que você quer que eu faça, que mate o rei dos putos? E Ernesto San Epifanio respondeu: não quero que você mate ninguém, só quero que venha comigo e diga a ele que me deixe em paz para sempre. E Arturo perguntou: por que caralho você mesmo não diz? E Ernesto respondeu: se eu for sozinho e lhe disser isso, os capangas do rei dos putos vão me meter o aço e depois jogar meu cadáver para os cachorros. E Arturo disse: pô, que foda! E Ernesto San Epifanio: mas você era um fodão. E Arturo: não fode. E Ernesto: já botei pra foder, meus poemas vão entrar para a hagiografia da poesia mexicana, se você não quiser vir comigo, não venha. No fundo, você tem razão. De que razão está falando?, perguntou Arturo e se espreguiçou como se até aquele momento houvesse estado sonhando. Depois se puseram a falar do poder que o rei dos putos da colônia Guerrero exercia e Arturo perguntou em que se baseava esse poder. No medo, disse Ernesto San Epifanio, o Rei impunha seu poder mediante o medo. E o que eu tenho de fazer?, indagou Arturito. Você não tem medo, disse Ernesto, você vem do Chile, tudo o que o Rei puder fazer comigo você já viu multiplicado por cem ou por cem mil. Quando Ernesto disse isso eu não vi a cara de Arturo, mas adivinhei que a expressão que tinha até então, ligeiramente alheia, se decompunha sutilmente com uma pequena ruga quase imperceptível, mas na qual se concentrava todo o medo do mundo. Então Arturito deu uma risada, Ernesto deu uma risada, seus risos cristalinos pareciam pássaros polimorfos no espaço como que cheio de cinzas que era o Encrucijada Veracruzana naquela hora, depois Arturo se levantou e disse vamos à colônia Guerrero, Ernesto se levantou e saiu com ele, e passados trinta segundos eu também saí disparada do bar agonizante e os segui a uma distância prudente, porque sabia que se me vissem não me deixariam ir com eles, porque eu era mulher e uma mulher não se mete nesses rolos, porque eu era mais velha e uma pessoa mais velha não tem a energia de um jovem de vinte anos, e porque naquela hora incerta da madrugada Arturito Belano aceitava seu destino de filho dos esgotos e saía em busca dos seus fantasmas.

Mas eu não queria deixá-lo sozinho. Nem a ele nem a Ernesto San Epifanio. De modo que fui atrás deles, a uma distância prudente, e enquanto caminhava comecei a procurar na minha bolsa ou na minha velha mochila de Oaxaca meu canivete da sorte, e dessa vez sim o encontrei sem nenhuma dificuldade, guardei-o num bolso da minha saia plissada, uma saia plissada cinza, com dois bolsos dos lados, que raramente eu usava e era um presente de Elena. Naquele momento não pensei nas conseqüências que tal ato podia acarretar para mim e para outros que, sem dúvida nenhuma, se veriam envolvidos. Pensei em Ernesto, que naquela noite vestia um paletó lilás e uma camisa verde-escura de colarinho e punho duro, e pensei nas conseqüências do desejo. Também pensei em Arturo, que de pronto havia ascendido involuntariamente à categoria de veterano das guerras sacrificais e que, vá saber por que obscuros motivos, aceitava as responsabilidades que tal equívoco trazia consigo.

Eu os segui: vi caminharem a passos rápidos pela Bucareli até a Reforma, vi atravessarem a Reforma sem esperar o sinal verde, ambos de cabelos compridos e revoltos, porque nessa hora sopra pela Reforma o vento noturno que é a parte que cabe à noite, a avenida Reforma se transforma num tubo transparente, num pulmão de forma cuneiforme por onde passam as exalações imaginárias da cidade, e depois começamos a caminhar pela avenida Guerrero, eles um pouco mais devagar que antes, eu um pouco mais deprimida que antes, a Guerrero, a essa hora, se parece mais que tudo com um cemitério, mas não com um cemitério de 1974, nem com um cemitério de 1968, nem com um cemitério de 1975, mas com um cemitério do ano de 2666, um cemitério escondido debaixo de uma pálpebra morta ou ainda não nascida, as aquosidades desapaixonadas de um olho que, por querer esquecer algo, acabou esquecendo tudo.

A essa altura já tínhamos atravessado pela ponte Alvarado e havíamos entrevisto as últimas formigas humanas que iam e vinham abrigadas pela escuridão da praça San Fernando, e então eu comecei a me sentir francamente nervosa, porque a partir desse momento entrávamos de verdade no reino do rei dos putos, que o elegante Ernesto (um filho, ainda por cima, da sofrida classe trabalhadora do DF) tanto temia.

8.

De modo que ali estava, meus amiguinhos, a mãe da poesia mexicana com seu canivete no bolso seguindo dois poetas que ainda não tinham feito vinte e um anos, por esse rio turbulento que era e é a avenida Guerrero, semelhante não ao Amazonas, para que exagerar, mas ao Grijalva, o rio que em seus dias Efraín Huerta (se a memória não me engana) cantou, embora o Grijalva noturno que era e é a avenida Guerrero houvesse perdido desde tempos imemoriais sua condição primigênia de inocência. Quer dizer, aquele Grijalva que fluía na noite era, sob todos os aspectos, um rio condenado por cuja corrente deslizavam cadáveres ou prospectos de cadáveres, automóveis negros que apareciam, desapareciam e tornavam a aparecer, os mesmos ou seus silenciosos ecos enlouquecidos, como se o rio do inferno fosse circular, coisa que, pensando nisso agora, provavelmente é.

O caso é que caminhei atrás deles e eles se adentraram na avenida Guerrero, depois viraram na rua Magnolia e, pelos gestos que faziam, diria que conversavam animadamente, embora não fosse a hora nem o lugar mais adequado para o exercício do diálogo. Dos bares da rua Magnolia (não muito numerosos, claro) desfalecia uma música tropical que convidava ao recolhimento e não à festa ou à dança, de vez em quando troava um grito, lembro que pensei que a rua parecia uma espinha ou uma flecha cravada num lado da avenida Guerrero, imagem que não teria desagradado a Ernesto San Epifanio. Depois pararam diante do letreiro luminoso do hotel Trébol,* o que também tinha sua graça, pois era ou me pareceu que era (eu estava muito nervosa) como se um estabelecimento situado na rua Berlín se chamasse Paris, e então pareceram discutir a estratégia que a partir desse momento seguiriam: Ernesto, no último momento, me deu a impressão de querer dar meia-volta e afastar-se o mais depressa possível dali, já Arturito se mostrava disposto a prosseguir, completamente identificado com o papel de durão que eu havia contribuído a lhe dar e que ele, naquela noite carente de tudo, até de ar, aceitava como uma hóstia de carne amarga, essa hóstia que ninguém tem o direito de engolir.

E então os dois heróis entraram no hotel Trébol. Primeiro Arturo Belano, depois Ernesto San Epifanio, poetas forjados na Cidade do México, DF, e atrás deles entrei eu, a varredora de León Felipe, a quebra-vasos de dom Pedro Garfias, a única pessoa que ficou na universidade em setembro de 1968, quando os granadeiros violaram a autonomia universitária. O interior do hotel, à primeira vista, me pareceu decepcionante. Em casos assim é como se a gente pulasse de olhos fechados numa piscina de fogo e depois abrisse os olhos. Pulei. Abri os olhos. E o que vi não tinha nada de terrível. Uma recepção diminuta, com dois sofás nos quais a passagem do tempo havia causado estragos que não têm nome, um recepcionista moreno, gorducho, com

---

* Trevo, em espanhol.

uma enorme mata de cabelo negro azeviche, uma lâmpada fluorescente presa no teto, chão de ladrilho verde, uma escada coberta com um carpete de plástico cinza sujo, uma recepção de ínfima categoria, embora para uma porção da colônia Guerrero talvez esse hotel fosse considerado um luxo razoável.

Depois de parlamentar com o recepcionista, os dois heróis subiram a escada e eu entrei no hotel e disse ao recepcionista que estava com eles. O gorducho pestanejou e quis dizer algo, quis mostrar os dentes, mas a essa altura eu já estava no primeiro andar, e através de uma nuvem de desinfetante e de uma luz mortiça desnudou-se ante meus olhos um corredor que estava nu desde os primeiros dias da Criação, abri uma porta que acabava de se fechar e cheguei, testemunha invisível, à câmara real do rei dos putos da colônia Guerrero.

Nem é preciso dizer, meus amigos, que o Rei não estava só.

No quarto havia uma mesa e em cima da mesa um pano verde, mas os ocupantes do quarto não jogavam cartas, e sim terminavam as contas do dia ou da semana, quer dizer, em cima da mesa havia papéis com nomes e números escritos, e havia dinheiro.

Ninguém ficou surpreso em me ver.

O Rei era forte e devia beirar os trinta anos. Tinha cabelos castanhos, dessa tonalidade de castanho que no México, nunca saberei se a sério ou de piada, chamam de *güero*, louro, e vestia uma camisa branca, meio suada, que permitia que o espectador casual apreciasse como que sem querer uns antebraços musculosos e peludos. Ao lado dele estava sentado um sujeito gordinho, de bigode e costeletas desmedidas, provavelmente o controlador-geral do reino. No fundo do quarto, nas penumbras que envolviam a cama, um terceiro homem nos vigiava e nos ouvia movendo a cabeça. A primeira coisa que pensei foi que aquele homem não estava bem. De início foi o único que me meteu medo, mas conforme passaram os minutos o temor se transformou em comiseração: pensei que o homem que estava semi-recostado na cama (numa posição que, por outro lado, devia requerer um grande esforço) só podia ser alguém doente, talvez um anormal, talvez um sobrinho anormal ou sedado do Rei, e isso me fez refletir que, por pior que seja a situação pela qual a gente passa (nesse caso a situação por que passava Ernesto San Epifanio), sempre há outro que passa pior.

Lembro-me das palavras do Rei. Lembro-me do seu sorriso ao ver Ernesto e seu olhar inquisitivo ao ver Arturo. Lembro-me da distância que o Rei pôs entre sua pessoa e seus visitantes com um só gesto, o de pegar o dinheiro e guardá-lo no bolso. Depois conversaram.

O Rei evocou duas noites em que Ernesto tinha soltado voluntariamente a franga com ele e falou em contrair obrigações, as obrigações que todo ato, por mais gratuito ou acidental que seja, acarreta. Falou do coração. O coração dos homens, que sangra como as mulheres (creio que se referia à menstruação) e que obriga os verdadeiros homens a se responsabilizarem por seus atos, quaisquer que sejam. E falou das dívidas: não havia nada mais desprezível do que uma dívida mal saldada. Falou assim. Não falou de dívida não saldada, e sim mal saldada. Depois se calou e esperou para ouvir o que seus visitantes tinham a dizer.

O primeiro foi Ernesto San Epifanio. Disse que não tinha nenhuma dívida com o Rei. Disse que a única coisa que fez, consciente talvez de que estava se metendo na cama com o rei dos putos, foi se deitar duas noites seguidas com ele (duas noites loucas, precisou), sem avaliar portanto os riscos "e responsabilidades" que contraía com tal ação, mas que tinha feito aquilo inocentemente (no entanto, ao dizer a palavra inocente, Ernesto não pôde reprimir uma risadinha nervosa, que talvez contradissesse o adjetivo que se auto-atribuiu), guiado tão-só pelo desejo e pela aventura, e não pelo secreto desígnio de se tornar escravo do Rei. Você é meu puto escravo, disse o Rei interrompendo-o. Eu sou seu puto escravo, disse o homem ou o rapaz que estava no fundo do quarto. Tinha uma voz aguda e doída que me deu um arrepio. O Rei se virou e mandou-o calar a boca. Não sou seu puto escravo, rebateu Ernesto. O Rei olhou para Ernesto com um sorriso paciente e malévolo. Perguntou-lhe quem achava que era. Um poeta homossexual mexicano, disse Ernesto, um poeta homossexual, um poeta, um (o Rei não entendeu nada), depois acrescentou algo sobre o direito que tinha (o direito *inalienável*) de ir para a cama com quem quisesse e nem por isso ser considerado um escravo. Se isso tudo não fosse tão patético eu morreria de rir, falou. Então morra de rir, disse o Rei, antes que te condecorem. Sua voz tinha ficado dura de repente. Ernesto enrubesceu. Eu o via de perfil e notei como seu lábio inferior tremia. Vamos te martirizar, disse o Rei. Vamos te cobrir de porrada até te arrebentar, disse o controlador-geral do reino. Vamos te meter o aço até condecorar seus pulmões, até condecorar seu coração, disse o Rei. O curioso, no entanto, foi que disseram tudo isso sem mover os lábios e sem que saísse nenhum som das suas bocas.

Pare de me sacanear, disse Ernesto com voz exangue.

O pobre rapaz anormal do fundo do quarto pôs-se a tremer e se cobriu com uma manta. Pouco depois pudemos ouvir seus gemidos abafados.

Então Arturo falou. Quem é?, perguntou.

Quem é quem, mané?, perguntou o Rei. Quem é aquele ali?, perguntou Arturo e apontou para o vulto na cama. O controlador-geral dirigiu um olhar inquisitivo para o fundo do quarto, depois olhou para Arturo e Ernesto com um sorriso vazio. O

Rei não se virou. Quem é?, perguntou Arturo. Quem caralho é *você*?, perguntou o Rei. O rapaz do fundo do quarto estremeceu debaixo da manta. Parecia que se revirava. Emaranhado ou afogado, quem olhava para ele não podia precisar se sua cabeça estava perto do travesseiro ou nos pés da cama. Está doente, disse Arturo. Não era uma pergunta, nem sequer uma afirmação. Foi como se falasse para si mesmo e foi, ao mesmo tempo, como se fraquejasse e, que curioso, nesse momento ouvi sua voz e, em vez de pensar no que tinha dito ou na doença daquele pobre rapaz, pensei que Arturo tinha recuperado (e ainda não havia perdido) o sotaque chileno durante os meses que havia passado em seu país. Ato contínuo, pus-me a pensar no que aconteceria se eu, é só uma suposição, voltasse a Montevidéu. Recuperaria meu sotaque? Deixaria, paulatinamente, de ser a mãe da poesia mexicana? Eu sou assim. Penso nas coisas mais descabidas e inoportunas nos piores momentos.

Porque aquele, sem dúvida, era um dos piores momentos, e até pensei que o Rei podia nos matar com total impunidade e jogar nossos cadáveres para os cachorros, os cachorros mudos da colônia Guerrero, ou nos fazer alguma coisa pior ainda. Mas então Arturo pigarreou (ou assim me pareceu) e se sentou numa cadeira desocupada diante do Rei (mas a cadeira não estava ali, antes), tapou a cara com as mãos (como se estivesse enjoado ou temesse desmaiar), e o Rei e o controlador-geral do reino olharam para ele com curiosidade, como se nunca na vida tivessem visto um durão tão mole. Então Arturo disse, sem tirar as mãos da cara, que naquela noite tinham de resolver definitivamente todos os problemas de Ernesto San Epifanio. O olhar de curiosidade do Rei se derreteu na cara. É o que sempre acontece com os olhares de curiosidade: têm de se transformar em outra coisa de estalo; se derretem, mas não acabam de se derreter; ficam a

71

meio caminho, a curiosidade é comprida e, embora a ida pareça curta (porque estamos predispostos a ela), a volta se faz interminável: um pesadelo inconcluso. E o olhar do Rei naquela noite era o fiel reflexo disso: um pesadelo inconcluso de que teria gostado de escapar mediante a violência. Mas Arturo começou a falar de outras coisas. Falou do rapaz doente que tremia na cama do fundo, disse que ele também ia vir conosco, e falou da morte, falou do rapaz que tremia (embora não tremesse mais) e cujo rosto aparecia agora abaixando as pontas da manta e nos fitando, e falou da morte, repetiu-se várias vezes, e sempre tornava à morte, como se dissesse ao rei dos putos da colônia Guerrero que sobre o tema da morte não tinha nenhuma competência, e nesse momento eu pensei: está fazendo literatura, está contando um conto, tudo é falso, e então, como se Arturito Belano tivesse lido meus pensamentos, virou-se um pouco, apenas um movimento de ombros, e me disse: me dê, e estendeu a palma da sua mão direita.

Pus na palma da sua mão direita meu canivete aberto, ele me agradeceu e tornou a me dar as costas. Então o Rei lhe perguntou se estava de porre. Não, disse Arturo, ou pode ser que sim, mas não muito. Então o Rei perguntou se Ernesto era seu amigo. Arturo disse que sim, o que demonstrava claramente que de porre nada, e de literatura, muito. Então o Rei quis se levantar, talvez para nos dar boa-noite e nos acompanhar até a porta, mas Arturo disse não se mova, seu escroto, ninguém se mova, fiquem com a porra das mãos paradinhas e em cima da mesa, surpreendentemente o Rei e o controlador-geral obedeceram. Eu creio que nesse momento Arturo se deu conta de que tinha ganhado, ou que pelo menos tinha ganhado a metade da luta ou o primeiro round, e também deve ter se dado conta de que se o conflito se prolongasse ainda podia perder. Quer dizer, se a luta fosse de dois rounds, suas possibilidades eram enormes, mas se fosse de dez rounds, ou doze, ou quinze, suas possibilidades se perdiam na imensidão do reino. Assim, seguiu em frente e disse a Ernesto que fosse ver o rapaz do fundo do quarto. Ernesto olhou para ele como se lhe dissesse não vá longe demais, meu amigo, mas como as coisas não estavam para discussões, obedeceu. E do fundo do quarto Ernesto disse que o rapaz estava mais pra lá do que pra cá. Eu vi Ernesto. Vi-o avançar traçando um semicírculo pela câmara real até chegar à cama e, ali, descobrir o jovem escravo, tocá-lo ou talvez lhe dar um beliscão no braço, sussurrar-lhe umas palavras no ouvido, aproximar sua orelha dos lábios do rapaz, depois engolir a saliva (eu o vi engolir a saliva inclinado sobre aquela cama que possuía as características de um pântano e de um deserto ao mesmo tempo), depois dizer que estava mais pra lá do que pra cá. Se esse cara morrer, eu volto e te mato, disse Arturo. Então abri a boca pela primeira vez naquela noite: vamos levá-lo?, perguntei. Ele vem com a gente, disse Arturo. E Ernesto, que continuava no fundo do quarto, sentou-se na cama, como se de repente se sentisse tremendamente desanimado, e disse: venha você mesmo ver, Arturo. Eu vi que Arturo movia a cabeça negativamente várias vezes. Não queria ver o rapaz. E então olhei para Ernesto e me pareceu por um momento que o fundo do quarto, com a cama qual vela acetinada, se destacava do resto do quarto, se afastava do prédio do hotel Trébol navegando num lago que por sua vez navegava num céu claríssimo, um dos céus do vale do México pintado pelo dr. Atl. A visão foi tão clara que só faltou Arturo e eu nos pormos de pé e dar adeus com as mãos. Nunca como daquela vez Ernesto me pareceu tão corajoso. E, à sua maneira, o rapaz doente também.

Me mexi. Eu me mexi. Primeiro mentalmente. Depois fisicamente. O rapaz doente me olhou nos olhos e começou a chorar. Estava mesmo muito mal, mas preferi não dizer isso a

Arturo. Onde estão as calças dele?, indagou Arturo. Por aí, disse o Rei. Procurei debaixo da cama. Não havia nada. Procurei dos lados. Olhei para Arturo como que dizendo não acho, o que fazemos? Então Ernesto pensou em procurá-las entre os lençóis e tirou de lá umas calças meio molhadas e um tênis de marca. Deixe comigo, falei. Sentei o rapaz na beira da cama, enfiei-lhe o jeans e calcei-o. Depois levantei-o para ver se podia andar. Podia. Vamos embora, falei. Arturo não se mexeu. Acorde, Arturo, pensei. Vou contar uma última história para sua majestade, ele disse. Vão saindo e me esperem na porta.

Ernesto e eu descemos o rapaz. Tomamos um táxi e esperamos na entrada do hotel Trébol. Pouco depois Arturo apareceu. Na minha lembrança, aquela noite em que não aconteceu nada e pode ter acontecido de tudo se apaga como que devorada por um animal gigantesco. Às vezes vejo ao longe, ao norte, uma grande tempestade elétrica avançando em direção ao centro do DF, mas minha memória me diz que não houve nenhuma tempestade elétrica, o alto céu mexicano baixou um pouco, isso sim, por instantes era difícil respirar, o ar era seco e machucava a garganta, me lembro da risada de Ernesto San Epifanio e da risada de Arturito Belano dentro do táxi, uma risada que os trazia de volta à realidade ou ao que eles preferiam chamar de realidade, e me lembro do ar da calçada do hotel e de dentro do táxi, como que composto de cacto, de toda a incomensurável variedade de cactos deste país, e me lembro que disse está difícil de respirar e: devolva meu canivete, e: está difícil de falar, e: aonde vamos, e me lembro que a cada uma das minhas palavras Ernesto e Arturo desatavam a rir e que eu também acabei rindo, tanto ou mais do que eles, todos nós ríamos, menos o taxista, que a certa altura nos fitou como se durante toda a noite não houvesse feito outra coisa além de levar gente como nós (o que, aliás, e em se tratando do DF, era perfeitamente normal), e o rapaz doente, que dormia com a cabeça encostada no meu ombro.

Foi assim que entramos e saímos do reino do rei dos putos, que estava encravado no deserto da colônia Guerrero, Ernesto San Epifanio, de vinte ou dezenove anos, poeta homossexual nascido no México (e que foi, com Ulises Lima, que ainda não conhecíamos, o melhor poeta da sua geração), Arturo Belano, de vinte anos, poeta heterossexual nascido no Chile, Juan de Dios Montes (também chamado Juan de Dos Montes e Juan Dedos), de dezoito anos, aprendiz de padeiro numa padaria da colônia Buenavista, parece que bissexual, e eu, Auxilio Lacouture, de idade definitivamente indefinida, leitora e mãe nascida no Uruguai ou República dos Orientais, e testemunha do tempo seco.

E como não tornarei a falar de Juan de Dos Montes, pelo menos posso lhes dizer que seu pesadelo acabou bem.

Por uns dias ficou na casa dos pais de Arturito, depois circulou por diversas águas-furtadas. Finalmente, alguns amigos arranjaram para ele um trabalho numa padaria da colônia Roma e ele desapareceu, pelo menos aparentemente, das nossas vidas. Gostava de se drogar cheirando cola. Era melancólico e tristonho. Era estóico. Uma vez me encontrei por acaso com ele no parque Hundido. Disse-lhe como vai Juan de Dios. Muito bem, respondeu. Meses mais tarde, na festa que Ernesto San Epifanio deu ao ganhar a bolsa Salvador Novo (e à qual Arturo não foi, porque os poetas vivem brigando), eu lhe disse que naquela noite já quase esquecida não era a ele, como todos pensávamos, que iam matar, mas a Juan de Dios. Sim, me disse Ernesto, eu também cheguei a essa conclusão. Era Juan de Dios que ia morrer. Nosso desígnio secreto foi evitar que o matassem.

# 9.

Depois voltei ao mundo. Basta de aventuras, disse a mim mesma com um fiozinho de voz. Aventuras, aventuras. Vivi as aventuras da poesia, que sempre são aventuras de vida ou morte, mas depois regressei, voltei às ruas da Cidade do México e o cotidiano me pareceu bom, para que pedir mais. Para que me enganar mais. O cotidiano é uma transparência imóvel que dura apenas alguns segundos. De modo que voltei, olhei para ele e me deixei envolver por ele. Sou a mãe, disse a ele, e francamente não acredito que os filmes de terror sejam os mais recomendados para mim. E então o cotidiano se inchou como uma bolha de sabão, mas de forma brutal, e estourou.

Estava outra vez no banheiro das mulheres do quarto andar da Faculdade de Filosofia e Letras, era setembro de 1968 e eu pensava nas aventuras e em Remedios Varo. São tão poucos os que se lembram de Remedios Varo. Não a conheci. Sinceramente, adoraria dizer que a conheci, mas a verdade é que não a conheci. Conheci mulheres maravilhosas, fortes como montanhas ou como correntes marinhas, mas Remedios Varo não conheci. Não porque tivesse vergonha de ir vê-la em sua casa, não porque não apreciasse sua obra (que aprecio do fundo do coração), mas porque Remedios Varo morreu em 1963 e em 1963 eu ainda estava em minha distante e querida Montevidéu.

Embora algumas noites, quando a lua entra no banheiro das mulheres e ainda estou acordada, eu pense que não, que em 1963 eu já estava no DF e que dom Pedro Garfias me ouve absorto quando eu peço o endereço de Remedios Varo, que ele não freqüenta mas respeita, depois se aproxima com movimentos inseguros da sua escrivaninha, pega um papelzinho, uma agenda numa gaveta, a caneta-tinteiro no bolso do paletó e escreve cerimoniosamente para mim, com excelente caligrafia, informações sobre onde posso encontrar a pintora catalã.

Vou voando para lá, para a casa de Remedios Varo, que fica na colônia Polanco, pode ser?, ou na colônia Anzures, pode ser?, ou na colônia Tlaxpana, pode ser?, a memória prega peças na gente quando a lua minguante se instala como uma aranha no banheiro das mulheres, em todo caso vou ligeira pelas ruas da Cidade do México que se sucedem uma depois da outra, e pouco a pouco, à medida que me aproximo da sua casa, vão mudando (e cada mudança se apóia na mudança precedente, como sucessão e ao mesmo tempo como crítica), até chegar a uma rua em que todas as casas parecem castelos demolidos, então toco uma campainha, espero uns segundos em que só ouço as batidas do meu coração (porque sou boba assim, quando vou conhecer alguém que admiro, meu coração se acelera), depois escuto uns passinhos e alguém abre a porta, é Remedios Varo.

Tem cinqüenta e quatro anos. Quer dizer, resta-lhe um ano de vida.

Ela me convida a entrar. Não recebo muitas visitas, me diz. Vou na frente e ela vai atrás. Entre, entre, diz, e eu avanço por um corredor fracamente iluminado até uma sala de grandes proporções, com duas janelas que dão para um pátio interno, veladas por um par de pesadas cortinas lilás. Tem uma poltrona na sala e eu me sento. Na mesinha redonda repousam duas xícaras de café. Num cinzeiro, observo três guimbas. A conclusão óbvia é que há uma terceira pessoa na casa. Remedios Varo me olha nos olhos e sorri: estou sozinha, anuncia.

Digo-lhe quanto a admiro, falo dos surrealistas franceses e dos surrealistas catalães, da Guerra Civil espanhola, de Benjamin Péret não falo, porque se separaram em 1942 e não sei que recordações guardará dele, mas falo de Paris e do exílio, da sua chegada ao México, da sua amizade com Leonora Carrington, e então me dou conta de que estou contando a Remedios Varo sua própria vida, que estou me comportando como uma adolescente nervosa que recita sua lição ante um tribunal inexistente. Fico vermelha como um tomate e digo desculpe, não sei o que estou dizendo, pergunto posso fumar?, procuro no bolso meu maço de Delicados, mas não encontro, pergunto a ela tem um cigarro?, e Remedios Varo, que está de pé de costas para um quadro coberto por uma saia velha (mas uma saia velha, digo comigo, que deve ter pertencido a uma giganta), diz que não fuma mais, que seus pulmões estão fracos agora, apesar de não ter cara de quem tem os pulmões ruins, nem tem cara de ter visto algo ruim, embora eu saiba que viu muitas coisas ruins, a ascensão do Diabo, o interminável cortejo de cupins pela Árvore da Vida, a contenda entre a Ilustração e a Sombra, ou o Império, ou o Reino da Ordem, que de todo modo pode e deve ser chamada de a mancha irracional que pretende nos transformar em bestas ou em robôs e que luta contra a Ilustração desde o princípio dos tempos (conjectura minha que nenhum ilustrado daria por válida), sei que ela viu coisas que muito poucas mulheres *sabem* que viram e que agora está vendo sua morte num prazo fixo inferior a doze meses, e sei que tem mais alguém na sua casa que, este sim, fuma e que não deseja ser surpreendido por mim, o que me faz pensar que quem quer que seja é alguém que eu conheço. Então suspiro, olho para a lua minguante refletida nos ladrilhos do banheiro das mulheres do quarto andar e, com um gesto que se sobrepõe ao cansaço e ao medo, estendo a mão e pergunto a ela que quadro é esse que está tapado com a saia de giganta. Remedios Varo me fita sorrindo, depois se vira, me dá as costas e por um instante estuda o quadro, mas sem tirar ou correr a saia que o preserva de olhares indiscretos. É o último, diz. Ou talvez tenha dito é o penúltimo. O eco das suas palavras repica nos ladrilhos arranhados pela lua, assim é fácil confundir o último e o penúltimo. Ai, todos os quadros de Remedios Varo, nessa hora de insônia militante, desfilam como lágrimas vertidas pela lua ou por meus olhos azuis. Assim é difícil, sinceramente, prestar atenção nos detalhes ou distinguir com clareza a palavra último da palavra penúltimo. E então Remedios Varo levanta a saia da giganta e posso ver um vale enorme, um vale visto da montanha mais alta, um vale verde e marrom, e a simples visão dessa paisagem me produz angústia, pois eu sei, da mesma maneira que sei que há outra pessoa na casa, que o que a pintora me mostra é um *preâmbulo*, uma cenografia em que vai se desenrolar uma cena que me marcará com fogo, ou não, com fogo não, nada vai me marcar com fogo a esta altura, o que intuo é antes um homem de gelo, um homem feito de cubos de gelo, que se aproximará e me dará um beijo na boca, na minha boca desdentada, e eu sentirei esses lábios de gelo em meus lábios, verei esses olhos de gelo a poucos centímetros dos meus olhos, e então desfalecerei como Juana de Ibarbourou e murmurarei por que eu?, coquetismo que me será perdoado, e o homem feito de cubos de gelo pestanejará, piscará os olhos, e nesse pestanejar e nesse piscar eu conseguirei ver um furacão de neve, apenas, como se alguém abrisse a janela e depois, arrependido, a fechasse abruptamente dizendo ainda não, Auxilio, o que você tem de ver, verá, mas ainda não.

Eu sei que essa paisagem, esse vale imenso com um ligeiro ar de fundo renascentista, *espera*.

Mas espera o quê?

Então Remedios Varo cobre a tela com a saia, me oferece um café e nos pomos a falar de outras coisas, da vida diária, por exemplo, embora de permeio se infiltrem palavras descontextualizadas, como parúsia ou hierofania, como psicofármacos ou eletrochoque. Depois falamos de alguém que faz ou fez há pouco uma greve de fome e eu me ouço dizer: depois de uma semana sem comer você não sente mais fome, e Remedios Varo olha para mim e diz: coitadinha.

Justo nesse momento a pesada cortina lilá se agita, eu me ponho de pé de um salto e não posso (nem me permito) refletir sobre o que a pintora catalã acaba de dizer. Me aproximo da janela, abro a cortina e descubro um gatinho preto. Dou um suspiro de alívio. Sei que, às minhas costas, Remedios Varo está sorrindo e se perguntando ao mesmo tempo quem sou eu. A janela dá para um pequeno jardim interno onde cochilam outros cinco ou seis gatos. Quantos gatos! São todos seus? Mais ou menos, responde Remedios Varo. Olho para ela: o gatinho preto está em seus braços e Remedios Varo lhe diz: *bonic, on eres?, bonic, feia hores que et buscava.*

Quer ouvir um pouco de música?

Está perguntando isso para mim ou para o gatinho? Suponho que para mim, porque com o gatinho ela fala em catalão, embora à simples vista qualquer um pode se dar conta de que se trata de um gato mexicano, um gato de rua mexicano com uma estirpe de pelo menos trezentos anos, se bem que agora, quando a lua se move, com passinhos de gata, de um ladrilho a outro do banheiro feminino, eu me pergunte se no México, antes dos espanhóis chegarem, havia gatos, e respondo a mim mesma, desapaixonadamente, objetivamente, até com um pingo de indiferença, que não, não havia gatos, os gatos chegaram com a segunda ou a terceira vaga. E então, com voz de sonâmbula porque estou pensando nos gatos sonâmbulos da Cidade do México, digo que sim e Remedios Varo se aproxima do toca-discos, um toca-discos velho, o que não tem nada de estranho pois estamos no incrível ano de 1962 e todas as coisas são velhas, todas as coisas levam a mão à boca como eu para sufocar um grito de assombro ou uma confidência inoportuna!, põe um disco e me diz: é o concertino em lá menor de Salvador Bacarisse, e eu ouço pela primeira vez esse músico espanhol e desando a chorar, de novo, enquanto a lua pula de um ladrilho para o outro, em câmara lenta, como se esse filme fosse eu que dirigisse, e não a natureza.

Quanto tempo ficamos ouvindo Bacarisse?

Não sei. Só sei que em algum momento Remedios Varo levanta o braço do toca-discos e dá por encerrada a audição. Depois eu me aproximo dela (porque não quero ir embora, tenho de reconhecer) e me ofereço, toda vermelha, para lavar as xícaras que usamos, para varrer o chão da casa, para tirar a poeira dos móveis, para dar um brilho nos utensílios da cozinha, para ir fazer as compras, para fazer a cama, para preparar a banheira, mas Remedios Varo sorri e me diz: já não necessito de nada disso, Auxilio, obrigada em todo caso. Já não necessito de nada. Já não preciso de nenhuma ajuda, diz Remedios Varo. Mentira! Como não vai necessitar de nada?, penso enquanto ela me acompanha até a porta da rua.

E depois me vejo na entrada da sua casa. Ela está dentro, com a mão na maçaneta da porta. Queria perguntar tantas coisas a ela. A primeira, se posso tornar a visitá-la. Um sol como vinho branco se estende agora por toda a rua vazia. É esse sol que ilumina seu rosto e o tinge de melancolia e coragem. Está tudo bem. É hora de ir embora. Não sei se lhe estendo a mão ou se lhe dou um beijo em cada face. Nós, latino-americanas, pelo que sei, só damos um beijo. Um beijo numa face. As espanholas dão dois. As francesas dão três. Quando eu era mocinha pensava que os três beijos que as francesas davam queriam dizer: liberdade, igualdade, fraternidade. Agora sei que não, mas continuo gostando de achar que sim. De modo que dou três beijos e ela me fita como se também, em algum momento da sua vida, houvesse acreditado na mesma coisa que eu. Um beijo na face esquerda, outro na direita, um último beijo na face esquerda. E Remedios Varo olha para mim e seu olhar diz: não se preocupe, Auxilio, você não vai morrer, não vai ficar louca, você está mantendo o estandarte da autonomia universitária, você está salvando a honra das universidades da nossa América, o pior que pode acontecer com você é emagrecer terrivelmente, o pior que pode acontecer com você é ter visões, o pior que pode acontecer com você é te descobrirem, mas não pense nisso, mantenha-se firme, leia o coitado do Pedro Garfias (você podia ter levado outro livro para o banheiro, mulher) e deixe que sua mente flua livremente pelo tempo, de 18 de setembro a 30 de setembro de 1968, nem um dia mais, isso é tudo o que você tem de fazer.

 E então Remedios Varo fecha a porta, e pelo derradeiro olhar que lança e vem se estatelar contra o meu olhar compreendo sem paliativo algum que ela está morta.

10.

Saí da casa de Remedios Varo pior do que uma sonâmbula, porque os sonâmbulos sempre voltam para as suas casas e eu sabia que não ia voltar à casa de Remedios Varo. Eu sabia que ia acordar à intempérie, de noite ou quando já estivesse amanhecendo, dava na mesma, no meio da cidade que tinha escolhido por amor ou por raiva. Minhas lembranças que remontam sem ordem nem concerto para trás e para a frente daquele desamparado mês de setembro de 1968 me dizem, balbuciando, gaguejando, que decidi permanecer na expectativa debaixo daquele sol cor de água, de pé numa esquina, escutando todos os ruídos da Cidade do México, até o das sombras das casas que se perseguiam sem trégua como feras recém-saídas do covil do taxidermista.

Não sei quanto tempo passou, se muito ou se pouco, porque eu tinha os sentidos presos com alfinete no espaço, e não no tempo, até que vi se abrir a porta da casa de Remedios Varo e vi sair aquela mulher que tinha se escondido no quarto, no banheiro ou atrás das cortinas durante a minha visita.

Uma mulher de pernas compridas e finas, mas sem dúvida nenhuma, como calculei enquanto a seguia, de estatura inferior à minha. Porque aquela mulher era alta, principalmente para os cânones mexicanos, mas eu era mais alta ainda. Da minha posição de perseguidora só podia ver suas costas e suas pernas, uma figura fina, como já disse, e o cabelo, uma cabeleira castanha e ligeiramente ondulada que lhe caía abaixo dos ombros e que, apesar de certo descuido (que eu poderia, embora não me atrevesse a tanto, confundir com desalinho), não carecia de graça.

A verdade é que ela toda estava circundada pela graça, imbuída pela graça, embora me parecesse difícil precisar onde estava essa graça, pois se vestia de forma normal, com decoro, roupas que ninguém se atreveria a julgar originais: uma saia preta e um casaquinho creme muito gastos, desses que você pode encontrar numa barraca do mercado por uns poucos pesos. Seus sapatos, ao contrário, eram de salto, um salto não muito alto, mas estilizado, sapatos que não combinavam nem um pouco com o resto da indumentária. Debaixo do braço levava uma pasta cheia de papéis.

Ao contrário do que eu esperava, não parou no ponto de ônibus e seguiu andando em direção ao centro. Pouco mais tarde entrou numa cafeteria. Fiquei do lado de fora e observei-a através da vidraça. Vi-a dirigir-se a uma mesa e mostrar uma coisa que tirou de dentro da pasta: uma folha, depois outra. Eram desenhos ou reproduções de desenhos. O homem e a mulher que estavam sentados observaram os papéis, depois fizeram um gesto negativo com a cabeça. Ela sorriu para eles e repetiu a cena na mesa vizinha. O resultado foi o mesmo. Sem perder o ânimo foi até outra mesa, depois a outra, e a outra, até falar com todas as pessoas da cafeteria. Conseguiu vender um desenho. Só umas poucas moedas, o que me fez pensar que quem realmente punha o preço na mercadoria era a vontade do comprador. Depois se dirigiu para o balcão, onde trocou umas palavras com uma garçonete. Ela falou e a garçonete ouviu. Provavelmente se conheciam. Quando a garçonete lhe deu as costas para preparar um café, ela aproveitou para se dirigir aos homens que estavam no balcão e oferecer seus desenhos, mas dessa vez falou com eles sem sair do lugar, e um ou talvez dois homens se aproximaram de onde ela estava e deram uma olhada distraída em seu tesouro. Devia ter sessenta anos feitos. E muito mal vividos. Ou talvez mais. E isso aconteceu dez anos depois de Remedios Varo morrer, isto é, em 1973, e não em 1963.

Então tive um calafrio. E o calafrio me disse: *che*, Auxilio (porque o calafrio era uruguaio, não mexicano), a mulher que você está seguindo, a mulher que saiu sub-repticiamente da casa de Remedios Varo, é a verdadeira mãe da poesia e não você, a mulher em cujas pegadas você vai é a mãe e não você, não você, não você.

Creio que minha cabeça começou a doer e fechei os olhos. Creio que os dentes que eu já não tinha começaram a doer e fechei os olhos. E, quando os abri, ela estava no balcão, definitivamente sozinha, sentada num tamborete, tomando café com leite e lendo uma revista que provavelmente guardava na pasta, junto com as reproduções dos desenhos do seu filho adorado.

A mulher que a tinha atendido, a um par de metros de distância, estava com os cotovelos apoiados no balcão e o olhar sonhador num ponto impreciso além das vidraças, situado acima da minha cabeça. Algumas mesas tinham se esvaziado. Em outras, a gente tornava a cuidar de seus assuntos.

Soube então que estivera seguindo, na vigília ou durante um sonho, Lilian Serpas, e me lembrei da sua história ou do pouco que sabia da sua história.

Durante uma época, suponho que na década de 50, Lilian havia sido uma poeta mais ou menos conhecida e uma mulher de extraordinária beleza. O sobrenome é de origem incerta, parece grego (para mim, parece), soa a húngaro, pode ser um velho sobrenome castelhano. Mas Lilian era mexicana e tinha vivido a vida quase toda no DF. Dizia-se que em sua dilatada juventude teve muitos namorados e pretendentes. Mas Lilian não queria namorados, e sim amantes, e também os teve.

Eu gostaria de ter lhe dito: Lilian, não tenha tantos amantes, dos homens a gente não pode esperar grande coisa, vão te usar e depois te largarão numa esquina, mas eu era como uma virgem louca e Lilian vivia sua sexualidade da forma que mais lhe apetecia, intensamente, entregue apenas ao prazer do seu próprio corpo e ao prazer dos sonetos que naqueles anos escrevia. E, claro, se deu mal. Ou se deu bem. Quem sou eu para dizer? Teve amantes. Eu mal tive amantes.

Um dia, porém, Lilian se apaixonou por um homem e teve um filho com ele. O tipo era um tal Coffeen, talvez fosse americano, talvez fosse inglês, talvez fosse mexicano. O caso é que teve um filho com ele e o menino se chamou Carlos Coffeen Serpas. O pintor Carlos Coffeen Serpas.

Depois (quanto tempo depois, ignoro) o senhor Coffeen desapareceu. Talvez tenha abandonado Lilian. Talvez Lilian o tenha abandonado. Talvez, e isso é mais romântico, Coffeen tenha morrido e Lilian acreditou que ela também devia morrer, mas havia o menino, e ela sobreviveu à ausência. Uma ausência que logo foi preenchida por outros senhores, porque Lilian continuava sendo bonita e continuava gostando de ir para a cama com homens e uivar de prazer até o sol raiar. Enquanto isso, o menino Coffeen Serpas crescia e freqüentava, desde pequenininho, os ambientes de sua mãe, e todos se maravilhavam com sua inteligência e prognosticavam um futuro promissor para ele no proceloso mundo da arte.

Quais eram os ambientes freqüentados por Lilian Serpas acompanhada do filho? Os de sempre, os bares e cafeterias do centro do DF, onde se reuniam os velhos jornalistas fracassados e os exilados espanhóis. Gente muito simpática, mas não precisamente a classe de pessoas que eu recomendaria a um menino sensível freqüentar.

Os trabalhos de Lilian, naqueles anos, foram múltiplos. Foi secretária, atendente em várias lojas de moda, trabalhou um tempo nuns jornais e até numa rádio vagabunda. Não ficava muito tempo em nenhum, porque ela, me disse isso com uma ponta de tristeza, era poeta, a vida noturna a chamava, desse modo não havia quem pudesse trabalhar regularmente.

Claro, eu a entendia, estava de acordo com ela, embora manifestasse meu acordo com uma voz e com expressões que adquiriam automática e inconscientemente um ar de superioridade nauseabundo, como se eu lhe dissesse: Lilian, concordo com você, mas no fundo isso me parece uma criancice, Lilian, não nego que é simpático e divertido, mas que ninguém conte comigo para tal experiência.

Como se eu, por alternar a infecta avenida Bucareli com a universidade, fosse melhor. Como se eu, por freqüentar e conhecer os jovens poetas e não só os velhos jornalistas fracassados, fosse melhor. A verdade é que não sou melhor. A verdade é que os jovens poetas geralmente acabam sendo velhos jornalistas fracassados. E a universidade, minha querida universidade, está esperando sua oportunidade bem ali embaixo, nos esgotos da avenida Bucareli.

Uma noite, isso também ela me contou, conheceu no café Quito um sul-americano exilado com o qual ficou conversando até fecharem. Depois foram para a casa de Lilian e se meteram na cama sem fazer barulho, para que Carlitos Coffeen não acordasse. O sul-americano era Ernesto Guevara. Não posso acreditar, Lilian, falei. Sim, era ele, me disse Lilian com aquela maneira de falar que tinha quando eu a conheci, uma voz muito fina, de boneca quebrada, uma voz como a que teria o licenciado Vidriera,* se ela houvesse sido licenciada ou pelo menos bacharela, e se houvesse ficado louca e superlúcida ao mesmo tempo, em pleno Século de Ouro desditado. E como o Che era na cama?, foi a primeira coisa que eu quis saber. Lilian disse uma coisa que não entendi. O quê?, perguntei, o quê?, o quê? Normal, disse Lilian com o olhar perdido nas rugas da sua pasta. Pode ser que fosse mentira. Quando eu a conheci, Lilian só parecia se importar com vender as reproduções dos desenhos do filho. A poesia a deixava indiferente. Chegava ao café Quito já muito tarde e sentava na mesa dos jovens poetas ou na mesa dos velhos jornalistas fracassados (todos ex-amantes dela) e ficava ouvindo as conversas de sempre. Se alguém lhe dizia, por exemplo, fale do Che Guevara, ela dizia: normal. Isso era tudo. No café Quito, aliás, mais de um dos velhos jornalistas fracassados tinha conhecido o Che e Fidel, que o freqüentaram durante sua estada no México, e a ninguém parecia estranho que Lilian dissesse normal, embora eles talvez não soubessem que Lilian tinha *ido para a cama* com o Che, eles acreditavam que Lilian só tinha ido para a cama com eles e com alguns peixes gordos que não freqüentavam a avenida Bucareli a altas horas da noite, mas no caso dava na mesma.

 Reconheço que teria gostado de saber como o Che Guevara trepava. Normal, claro, mas como.

 Esses meninos, eu disse uma noite a Lilian, têm o direito de saber como o Che trepava. Uma loucura minha, sem pé nem cabeça, mas soltei-a mesmo assim.

 Eu me lembro que Lilian olhou para mim com sua másca-

---

* Personagem da novela homônima de Cervantes. (N. T.)

ra de boneca enrugada, martirizada, da qual parecia a ponto de emergir a cada segundo a rainha dos mares com sua coorte de trovões, mas onde nunca acontecia mais nada. Esses meninos, esses meninos, disse ela, depois olhou para o teto do café Quito que naquele momento dois adolescentes estavam pintando em cima de um andaime portátil.

Assim era Lilian, assim era a mulher que eu segui a partir do sonho de Remedios Varo, a grande pintora catalã, até o sonho das ruas terminais do DF onde sempre aconteciam coisas que pareciam sussurrar, gritar ou cuspir que ali nunca acontecia nada.

E assim eu me vi outra vez no café Quito em 1973, ou talvez nos primeiros meses de 1974, e vi Lilian chegar através da fumaça e das luzes traçantes do café às onze da noite, e ela chega, como sempre, envolta em fumaça, e sua fumaça e a fumaça do interior do café se contemplam como aranhas, antes de se fundirem numa só fumaça, uma fumaça onde prima o cheiro de café, pois no Quito há uma torradeira de café e, além disso, é um dos raros lugares da avenida Bucareli em que há uma máquina italiana de café expresso.

E então meus amigos, os poetas jovens do México, sem se levantar da mesa a cumprimentam, dizem boa noite, Lilian Serpas, tudo bem, Lilian Serpas, inclusive os mais tontos dizem boa noite, Lilian Serpas, como se mediante o ato de cumprimentá-la uma deusa descesse das alturas do café Quito (onde dois jovens operários intrépidos se empenham num equilíbrio que não posso deixar de considerar precário) e lhes pendurasse no peito a medalha de honra da poesia, quando o que na realidade acontece (mas isso eu só penso, não digo) é que, ao cumprimentá-la assim, dessa maneira, a única coisa que estão fazendo é pôr suas cabeças jovens e tontas na mesa do carrasco.

Lilian pára, como se ouvisse mal, procura a mesa onde eles estão (e onde eu estou) e ao nos ver se aproxima para nos cum-

primentar e, de passagem, tentar vender uma das suas reproduções. Eu olho para o outro lado.
Por que olho para o outro lado?
Porque conheço sua história.
De modo que olho para o outro lado, enquanto Lilian, de pé ou já sentada, cumprimenta todo o mundo, geralmente mais de cinco poetas jovens espremidos ao redor de uma mesa, e quando me cumprimenta deixo de olhar para o chão e viro a cabeça com uma lentidão exasperante (mas é que não posso virar mais depressa) e lhe dou, obediente, boa-noite eu também.

E assim passa o tempo (Lilian não tenta nos vender nenhum desenho porque sabe que não temos dinheiro nem vontade de comprar, mas deixa quem quiser dar uma olhada nas reproduções, curiosas reproduções, feitas não de qualquer maneira mas numa prensa e em papel acetinado, o que diz algo, pelo menos, com respeito à singular disposição mercantil de Carlos Coffeen Serpas ou de sua mãe, ermitões ou mendigos, mas que num momento de inspiração que prefiro não imaginar decidem viver exclusivamente da sua arte) e pouco a pouco as pessoas começam a ir embora ou a mudar de mesa, pois no café Quito, a certa hora da noite, uns mais, outros menos, todo o mundo se conhece e todos desejam trocar pelo menos algumas palavras com seus conhecidos. E assim, náufraga no meio de uma rotação incessante, em determinado momento fico sozinha olhando para a minha xícara de café cheia pela metade, e, no momento seguinte (mas quase sem transição), uma sombra esquiva, que de tão esquiva parece reunir sobre si todas as sombras do café, como se seu campo gravitacional só atraísse os objetos inertes, se desloca até a minha mesa e senta junto de mim.

Como vai, Auxilio?, pergunta o fantasma de Lilian Serpas.
Vou levando, respondo.
E é então que o tempo torna a parar, imagem mais do que

batida, pois o tempo, ou não pára nunca, ou está parado desde sempre, digamos então que o *continuum* do tempo sente um calafrio, ou digamos que o tempo abre as pernas, se agacha, enfia a cabeça entre as coxas e me olha ao contrário, uns centímetros apenas abaixo da bunda, e pisca para mim um olho louco, ou digamos que a lua cheia ou crescente, ou a escura lua minguante do DF torna a deslizar pelos ladrilhos do banheiro das mulheres do quarto andar da Faculdade de Filosofia e Letras, ou digamos que se ergue um silêncio de velório no café Quito e que só ouço os murmúrios dos fantasmas da corte de Lilian Serpas e que não sei, mais uma vez, se estou em 68, em 74, em 80, ou se, de uma vez por todas, estou me aproximando como a sombra de um navio naufragado do feliz ano 2000 que não verei.

Seja como for, alguma coisa acontece com o tempo. Sei que alguma coisa acontece com o tempo, para não dizer com o espaço. Pressinto que alguma coisa acontece e que, além do mais, não é a primeira vez que acontece, embora em se tratando do tempo tudo acontece pela primeira vez, e nisso não há experiência que valha, o que no fundo é melhor, porque a experiência geralmente é uma fraude.

E então Lilian (que é a única ilesa nesta história, porque ela já sofreu tudo) me pede, mais uma vez, o primeiro e último favor que vai me pedir em toda a sua vida.

Diz: é tarde. Diz: como você está linda, Auxilio. Diz: penso muito em você, Auxilio. Eu a observo e observo o teto do café Quito, onde os dois jovens sonolentos continuam trabalhando ou fazendo como se trabalhassem trepados num andaime pessimamente construído, depois volto a observá-la, a ela, que fala olhando não para o meu rosto mas para seu copo grande e grosso de café com leite, enquanto escuto com um ouvido suas palavras e com o outro os gritos que os freqüentadores do café Quito dirigem aos jovens do andaime, frases que constituem um ritual de iniciação masculina, deduzo, ou frases que pretendem ser carinhosas mas que são apenas premonitórias de um desastre que arrastará não só o par de pintores de parede (ou encanadores, ou eletricistas, não sei, só os vi, ainda os vejo enquanto a lua cruza enlouquecida cada um dos ladrilhos do banheiro das mulheres, como se essa singradura contivesse toda a subversão possível, e isso me espanta), mas também eles, os vociferantes, os que aconselham, nós.

E então Lilian diz: você tem de ir à minha casa. Diz: não posso ir esta noite à minha casa. Diz: você tem de ir por mim e dizer a Carlos que volto amanhã cedo. A primeira coisa que me ocorre é negar sumariamente. Mas então Lilian me encara e sorri para mim (ela não tapa a boca quando fala, como eu, nem quando sorri, embora devesse fazê-lo), e eu fico sem palavras, porque estou diante da mãe da poesia mexicana, a pior mãe que a poesia mexicana podia ter, mas a única e autêntica, afinal de contas. Então digo que sim, que irei à sua casa se me der o endereço e se não for muito longe, e que direi a Carlos Coffeen Serpas, o pintor, que sua mãe vai passar aquela noite fora.

11.

E eu me vi andando em direção à casa de Lilian Serpas naquela noite, amiguinhos, impelida pelo mistério que às vezes se parece com o vento do DF, um vento negro cheio de buracos com formas geométricas, e outras vezes se parece com a serenidade do DF, uma serenidade genuflexa cuja única propriedade é ser uma miragem. Pode lhes parecer estranho, mas eu não conhecia Carlos Coffeen Serpas. Na realidade, ninguém o conhecia. Melhor dizendo: uns poucos o conheciam, e esses poucos tinham dado asas à sua lenda, sua exígua lenda de pintor louco que vivia enclausurado na casa da mãe, uma casa que às vezes parecia decorada com móveis pesados e cobertos de poeira, como que saídos da cripta de um dos seguidores de Maximiliano, e outras vezes parecia mais uma casa de vila, a cópia feliz do lar dos Burrón*

* A família Burrón: protagonista de uma célebre série de quadrinhos mexicana. Borola Tacuche, de que Auxilio fala em seguida, é a esposa do chefe da família, o barbeiro Regino Burrón. (N. T.)

93

(os invencíveis Burrón, que Deus os conserve por muitos anos, quando eu cheguei ao México o primeiro elogio que me fizeram foi que eu era igualzinha a Borola Tacuche, o que não está muito longe da verdade). Na realidade, como tristemente costuma ser, a casa ficava bem no meio-termo: nem se tratava de um palacete em decadência nem de uma modesta casinha de vila, mas de um velho edifício de quatro andares na rua República de El Salvador, perto da igreja de San Felipe Neri.

Naquela época, Carlos Coffeen Serpas devia ter mais de quarenta anos e ninguém que eu conhecesse o tinha visto fazia muito tempo. O que eu achava dos seus desenhos? Não gostava muito, essa é a verdade. Figuras, quase sempre muito magras e que além do mais pareciam doentes, era o que ele desenhava. Essas figuras voavam ou estavam enterradas e às vezes olhavam nos olhos de quem contemplava o desenho e costumavam fazer sinais com as mãos. Por exemplo, levavam um dedo aos lábios pedindo silêncio. Ou cobriam a vista. Ou mostravam a palma de uma mão sem linhas. Isso é tudo. Mais não posso dizer. Não entendo grande coisa de arte.

O caso é que eu estava ali, na frente da entrada do prédio de Lilian e, enquanto pensava nos desenhos do filho dela, que sem dúvida eram os desenhos menos valorizados no mercado de arte mexicano, também pensava no que diria a Coffeen quando ele me abrisse a porta.

Lilian morava no último andar. Toquei a campainha várias vezes. Ninguém respondeu e por um instante pensei que Coffeen Serpas devia estar seguramente em algum bar dos arredores, pois também tinha fama de alcoólatra inveterado. Já me decidia a ir embora quando algo que não saberia explicar muito bem o que foi, possivelmente uma intuição ou talvez somente minha curiosidade natural exacerbada pela hora e pela caminhada prévia, me fez atravessar a rua e me instalar na calçada em frente. As luzes das janelas do quarto andar estavam apagadas mas, ao cabo de alguns segundos, acreditei ver que uma cortina se mexia, como se o vento que não corria pelas ruas do DF deslizasse no interior daquele apartamento às escuras. E aquilo foi demais para mim.

Atravessei a rua e toquei a campainha mais uma vez. E sem esperar que me abrissem a porta voltei à calçada em frente, contemplei as janelas, vi como uma cortina era puxada e, desta vez sim, pude ver uma sombra, a silhueta de um homem que olhava para mim lá de cima, sabendo que eu o via e sem se importar, desta vez, com que eu o visse, então soube que aquela sombra era Carlos Coffeen Serpas, que me espiava e se perguntava quem era eu, o que fazia ali naquela hora da noite, o que queria, de que infames notícias era portadora.

Por um instante tive a certeza de que não ia me abrir. O filho de Lilian, era público, não via ninguém. E tampouco ninguém queria vê-lo. A situação, portanto, como quer que fosse considerada, era curiosa.

Fiz sinais para ele com a mão.

Depois, sem olhar para a janela do alto, atravessei pela quarta ou quinta vez a rua aparentando uma segurança que eu não tinha. Ao cabo de uns segundos a porta se abriu com um rangido cujo eco perdurou no saguão. Subi com precaução até o quarto andar. A luz da escada era escassa. No patamar do quarto, por trás da porta entreaberta, Carlos Coffeen Serpas me esperava.

Não sei por que não lhe disse o que tinha a dizer e tomei o caminho de volta para casa. Coffeen era alto, mais alto que sua mãe, e dava para adivinhar que na juventude tinha sido magro e bem-feito de corpo, apesar de agora estar gordo ou mais para o inchado. Sua testa era grande, mas não tinha aquela amplitude que sugere um homem inteligente ou sensato, senão que apresentava a amplitude de um campo de batalha, e a partir dali tudo era derrota: o cabelo ralo e doentio que cobria suas orelhas, o crânio, mais que arredondado, abaulado, os olhos claros que me fitaram com um misto de desconfiança e aborrecimento. Apesar de tudo (sou otimista por natureza), achei-o atraente.

Como estou cansada, falei. Depois de olhar para mim durante uns segundos, nos quais não me convidou a entrar, perguntou quem eu era. Sou amiga de Lilian, disse, me chamo Auxilio Lacouture e trabalho na universidade. A verdade é que naqueles dias eu não fazia nenhum trabalho na universidade. Quer dizer, objetivamente, estava desempregada outra vez. Mas ali, na frente de Coffeen, me pareceu mais *tranqüilizador* dizer que trabalhava na faculdade do que confessar que não trabalhava em lugar nenhum. Tranqüilizador para quem? Para os dois, ora, para mim, que dessa maneira forjava um ombro imaginário no qual pudesse me apoiar, e para ele, que dessa maneira não via aparecer altas horas da noite uma duplicata um pouco mais moça do que sua adorada e atroz mamãe. É desolador reconhecê-lo. Eu sei. Mas foi o que disse a ele e depois esperei que me deixasse entrar olhando-o diretamente nos olhos.

Então Coffeen não teve mais remédio do que me perguntar se queria entrar, como o namorado reticente à namorada inesperada. Claro que eu queria entrar. E entrei, e vi as luzes que ainda subsistiam no interior da casa de Lilian. Um hall pequeno e cheio de pacotes com as reproduções dos desenhos de seu filho. E depois um corredor curto e às escuras que dava para a sala onde a pobreza em que viviam a velha poeta e o velho pintor já era inocultável. Mas eu não torço o nariz para a pobreza. Na América Latina ninguém (salvo talvez os chilenos) tem vergonha de ser pobre. Só que essa pobreza possuía uma característica abissal, como se penetrar na casa de Lilian equivalesse a mergulhar nas profundezas de uma fossa atlântica. Ali, na quietude que não o era, observavam o intruso os restos carbonizados e recobertos de musgo ou plâncton do que havia sido uma vida, uma família, uma *mãe* e um *filho* reais, e não inventados ou adotados no meio da desmesura, como eram meus filhos, um inventário e um antiinventário sutilíssimo que se desprendia das paredes e que falava com um murmúrio como que saído de um buraco negro dos amantes de Lilian, da escola primária de Carlitos Coffeen Serpas, dos cafés-da-manhã e dos jantares, dos pesadelos e da luz que de dia entrava pelas janelas quando Lilian corria as cortinas, cortinas que agora pareciam infectas, cortinas que eu, sempre tão trabalhadeira, teria despendurado imediatamente e lavado à mão na pia da cozinha, mas que não despendurei porque não queria fazer nada de brusco, nada que pudesse turbar o olhar do pintor, um olhar que, à medida que passavam os segundos e que eu continuava quieta, foi se apaziguando, como se aceitasse provisoriamente minha presença no último reduto.

E mais não posso dizer. Queria ficar e permaneci imóvel e muda. Mas meus olhos registraram tudo: o sofá afundado até bater no chão, a mesa baixa cheia de papéis, guardanapos e copos sujos, os quadros de Coffeen cobertos de pó pendurados nas paredes, o corredor que se abria como uma temeridade caprichosa e ao mesmo tempo inexorável para o quarto da mãe, o quarto do filho e o banheiro, para o qual me dirigi depois de pedir licença e esperar a deliberação de que Coffeen empreendeu consigo mesmo, ou com Coffeen 2, pode ser até que com Coffeen 3, um banheiro que em nada se diferenciava da sala e que eu, enquanto ia pelo corredor escuro (todos os corredores eram escuros na casa de Lilian), conjecturei erroneamente sem espelho, e me enganei, pois no banheiro havia espelho, um espelho aliás normal, tanto em tamanho como no lugar em que estava, acima da pia, e em cuja superfície me observei obstinadamente mais uma vez, depois de fazer xixi, minha cara magra e meu cabelo louro à Príncipe Valente, meu sorriso desdentado, pois eu, amiguinhos, achando-me no banheiro da casa de Lilian Serpas, um banheiro que seguramente fazia muito não era pisado por pés estranhos, dei de pensar na felicidade, assim, sem mais nem menos, na felicidade possível que se escondia debaixo das crostas de sujeira daquela casa, e quando você está feliz ou pressente que a felicidade está por perto, pois se mira nos espelhos sem nenhuma reserva, mais ainda, quando você está feliz ou se sente predestinada à experiência da felicidade, tende a baixar a guarda e a aceitar os espelhos, digo eu que deve ser por curiosidade ou porque você se sente à vontade dentro da sua pele, como diziam os afrancesados de Montevidéu, que Deus conserve com alguma saúde, e foi assim que me mirei no espelho do banheiro de Lilian e de Coffeen, e vi Auxilio Lacouture, e o que vi, amiguinhos, produziu na minha alma sentimentos contraditórios, pois por um lado teria desatado a rir, pois me vi bem, com a pele um tanto corada pela hora e pelo álcool, mas com os olhos bastante acordados (quando tresnoito meus olhos viram duas ranhuras de cofrinho pelas quais entram, não as tristemente esperançosas moedas da poupança quimérica, mas as moedas de fogo de um incêndio futuro onde nada mais tem sentido), brilhantes e despertos, olhos como que feitos sob medida para desfrutar de uma exposição noturna da obra de Coffeen Serpas, e por outro lado vi meus lábios, coitadinhos, que tremiam imperceptivelmente, como se me dissessem não seja louca, Auxilio, que idéias são essas que passam pela sua cabeça, volte para a sua água-furtada agora mesmo, esqueça Lilian e seu rebento infernal, esqueça a rua República de El Salvador e esqueça essa casa que se sustenta na não-vida, na antimatéria, nos buracos negros mexicanos e latino-americanos, em tudo aquilo que uma vez quis conduzir à vida mas que agora só conduz à morte.

Então parei de me mirar no espelho e duas ou talvez três lágrimas escaparam das minhas glândulas lacrimais. Ai, quantas noites terei dedicado a refletir sobre as lágrimas e quão pouco tirei a limpo.

Depois voltei para a sala e Coffeen continuava lá, de pé, fitando um ponto no vazio, e se bem que, quando me ouviu sair do corredor (como quem sai de uma nave espacial), tenha girado a cabeça e olhado para mim, eu soube no ato que não olhava para mim, sua visita inesperada, mas para a vida exterior, a vida à qual tinha dado as costas e que, aliás, o estava comendo vivo, embora ele fingisse um soberano desinteresse. E então eu queimei, mais por voluntarismo do que por desejo, minhas últimas naves e me sentei, sem que ninguém me convidasse, no sofá estourado e repeti as palavras de Lilian, que naquela noite não vinha, que não se preocupasse, que nas primeiras horas do dia seguinte voltaria para casa, e acrescentei outras coisas da minha lavra que não vinham ao caso, observações banais sobre o lar da poeta e do pintor, um lugar encantador, perto do centro mas numa rua tranqüila e silenciosa, e de passagem não me pareceu mal participar-lhe o interesse que sua obra despertava em algumas pessoas, disse que seus desenhos, que eu conhecia graças à sua mãe, me pareciam interessantes, que é um adjetivo que não parece adjetivo e que serve tanto para descrever um filme que não queremos admitir que nos aborreceu como para assinalar a gravidez de uma mulher. Mas interessante também é ou pode ser sinônimo de mistério. E eu falava de mistério. No fundo era disso que eu falava. Creio que Coffeen entendeu, porque, depois de me olhar com seus olhos de desterrado, pegou uma cadeira (por um momento pensei que ia atirá-la na minha cabeça) e sentou-se ao contrário, a cavalo, as mãos agarradas nas barras do encosto, feito um prisioneiro minimalista.

Eu me lembro que a partir desse momento, como se houvesse escutado de longe o disparo que abria a temporada de caça, falei de tudo o que me passou pela cabeça. Até que minhas palavras se acabaram. Por instantes Coffeen parecia a ponto de dormir e por instantes os nós dos seus dedos ficavam tensos como se fossem arrebentar ou como se o encosto da cadeira que o separava de mim fosse sair propelido, pulverizado, desintegrado. Mas num momento dado, como já disse, minhas palavras se acabaram.

Creio que não faltava muito para que começasse a amanhecer.

Então Coffeen falou. Perguntou-me se conhecia a história de Erígone. Erígone? Não, não a conheço, mas o nome não me é estranho, menti, com medo de estar metendo os pés pelas mãos. Por um segundo pensei, desconsolada, que ia me falar de um velho amor. Todos temos um velho amor de que falar quando não se tem mais nada a dizer e está amanhecendo. Mas sucedeu que Erígone não era um velho amor de Coffeen, e sim uma figura da mitologia grega, a filha de Egisto e Clitemnestra. Essa história, sim, eu sei. Sabia, sim. Agamenon parte para Tróia e Clitemnestra vira amante de Egisto. Quando Agamenon volta de Tróia, Egisto e Clitemnestra o assassinam e depois se casam. Os filhos de Agamenon e Clitemnestra, Electra e Orestes, decidem vingar o pai e recuperar o reino. Isso os leva a assassinar Egisto e sua própria mãe. O horror. Até ali eu chegava. Coffeen Serpas chegava mais longe. Falou da filha de Clitemnestra e Egisto, Erígone, meia-irmã de Orestes, e disse que era a mulher mais bonita da Grécia, não era à toa que sua mãe era irmã da bela Helena. Falou da vingança de Orestes. Uma hecatombe espiritual, disse. Sabe o que significa uma hecatombe? Eu identificava essa palavra com uma guerra nuclear, de modo que preferi não dizer nada. Mas Coffeen insistiu. Um desastre, falei, uma catástrofe. Não, disse Coffeen, uma hecatombe era o sacrifício simultâneo de cem bois. Vem do grego *hekatón*, que significa cem, e *boûs*, que significa boi. Embora na Antiguidade estejam registradas algumas hecatombes de quinhentos bois. Pode imaginar?, perguntou. Sim, posso imaginar qualquer coisa, respondi. Cem bois sacrificados, quinhentos bois sacrificados, a fumaça do sangue devia feder à distância. Os participantes enjoavam no meio de tanta morte. Posso imaginar, falei. Pois a vingança de Orestes é algo semelhante, disse Coffeen, o terror do parricida, disse, a vergonha e o pânico, o irremediável do parricida, disse. E no meio desse terror está Erígone, a filha adolescente de Clitemnestra e Egisto, belíssima, imaculada, que contempla a intelectual Electra e o herói epônimo Orestes.

    A intelectual Electra, o herói epônimo Orestes? Por um momento achei que Coffeen estava me gozando.

    Nem de longe. Na realidade Coffeen falava como se eu não estivesse ali: a cada palavra que saía da sua boca eu me afastava cada vez mais da casa da rua República de El Salvador. Muito embora ao mesmo tempo, por mais paradoxal que possa parecer, eu me fizesse mais presente, como se a ausência reafirmasse minha presença ou como se os traços da imaculada Erígone estivessem usurpando meus traços invisíveis, ou chupados pela realidade, de tal maneira que por um lado eu podia estar desaparecendo, mas por outro lado, ao mesmo tempo que desaparecia, minha sombra se metamorfoseava com os traços de Erígone, e Erígone sim é que estava ali, na maltratada sala da casa de Lilian, atraída pelas palavras que Coffeen ia desfiando com ar loquaz ou *fodolí** (como diria Julio Torri, que sem dúvida teria gostado dessas histórias), alheio a meu olhar de preocupação, pois, embora não quisesse deixar Coffeen naquela noite, também me dava conta de que a trilha pela qual estava se internando talvez fosse só o preâmbulo de uma crise nervosa aguçada pela

* Intrometido.

ausência da sua mãe, ai, ou por minha presença inesperada que não supria aquela ausência. Mas Coffeen continuou com a história.

Foi assim que eu soube que, depois do assassinato de Egisto, Orestes se proclamou rei e os seguidores de Egisto tiveram de se exilar. Erígone, porém, permaneceu no reino. Erígone, a imóvel, disse Coffeen. Imóvel ante o olhar vazio de Orestes. Só sua extrema beleza consegue aplacar por um instante o furor homicida do seu meio-irmão. Uma noite, perdido, Orestes se mete na sua cama e a violenta.

Com as primeiras luzes do dia seguinte, Orestes acorda e se aproxima da janela: a paisagem lunar de Argos confirma o que ele já pressentia. Apaixonou-se por Erígone. Mas quem matou a mãe não pode amar ninguém, disse Coffeen olhando-me nos olhos com um sorriso calcinado, e Orestes sabe que Erígone é veneno para ele, além de trazer nas veias o sangue de Egisto, indícios suficientes para conduzi-la à imolação. Durante dias, os seguidores de Orestes se dedicam a perseguir e a eliminar os seguidores de Egisto. De noite, como um drogado ou como um pau-d'água (as metáforas são de Coffeen), Orestes acode à alcova de Erígone e se amam. Finalmente Erígone fica grávida. Avisada, Electra se apresenta diante do irmão e lhe faz ver os inconvenientes da situação. Erígone, diz Electra, vai dar à luz um neto de Egisto. Em Argos não resta nenhum varão que tenha o sangue do usurpador: Orestes vai permitir que surja, por sua fraqueza, um novo rebento da árvore que ele próprio se encarregou de cortar? Mas também é meu filho, retrucou Orestes. É neto de Egisto, insiste Electra. E assim Orestes aceita os conselhos da irmã e decide matar Erígone.

Mas ainda deseja dormir com ela uma última vez, e naquela noite vai visitá-la. Erígone não desconfia de nada e se entrega a Orestes sem medo. Embora jovem, não lhe custara muito aprender como deve tratar a loucura do novo rei. Chama-o de irmão, meu irmão, suplica-lhe, por momentos finge vê-lo e por momentos finge ver apenas uma silhueta obscura e solitária refugiada num canto da sua alcova. (Era assim que Coffeen interpretava um arroubo amoroso?) Um Orestes embrutecido, antes que amanheça, confessa a ela seu plano. Propõe uma alternativa. Erígone deve sair de Argos naquela noite mesma. Orestes lhe dará um guia que a tirará da cidade e a levará para longe. Erígone, horrorizada, contempla-o na escuridão (ambos estão sentados em cada borda da cama) e pensa que nas palavras de Orestes se esconde sua sentença de morte: o próprio guia que seu irmão diz estar disposto a lhe arranjar é que executará a sentença.

O medo a faz dizer que prefere ficar na cidade, perto dele. Orestes se impacienta. Se você ficar aqui, vou matá-la, diz. Os deuses me transtornaram. Fala do seu crime, mais uma vez, fala das Erínias e da vida que pretende levar quando tudo se esclarecer na sua cabeça, até mesmo antes que tudo se esclareça na sua cabeça: viver errantes, ele e seu amigo Pílades, percorrendo a Grécia e transformando-se em lenda. Ser beatniks, não estar preso a lugar nenhum, fazer da nossa vida uma arte. Mas Erígone não entende as palavras de Orestes e teme que tudo obedeça a um plano sugerido pela cerebral Electra, uma forma de eutanásia, uma saída para a noite que não manche de sangue as mãos do jovem rei.

12.

A desconfiança de Erígone, amiguinhos, comoveu Orestes. Foi o que me disse Carlos Coffeen Serpas. Ele me olhou nos olhos e me disse isso, ou sussurrou, como se suas palavras tivessem o gume mais afiado, um gume de bisturi, então disse que só a partir desse momento, isto é, *depois* de ter se comovido, Orestes pôde pensar seriamente em salvaguardar Erígone dos perigos que a espreitavam na fumegante Argos e que se compunham, basicamente, da sua loucura, do seu furor homicida, da sua vergonha, do seu arrependimento, de tudo aquilo que Orestes chamava de o destino de Orestes e que outra coisa não era senão o caminho da autodestruição.

E assim Orestes ficou a noite inteira falando com Erígone, e nessa noite abriu seu coração como nunca antes fizera e, por fim, pouco antes de amanhecer, Erígone se deixou convencer por tantas e tão bem esgrimidas razões, aceitou o guia que Orestes lhe oferecia e partiu da cidade com as primeiras luzes da alvorada.

Do alto de uma torre, Orestes viu Erígone se afastar da cidade. Depois fechou os olhos e, quando abriu, ela não estava mais em lugar nenhum.

Ao dizer isso, Coffeen fechou os olhos e eu vi a lua (cheia, minguante ou crescente, não importava) movendo-se a uma velocidade infinita por cada um dos ladrilhos do banheiro das mulheres do quarto andar da Faculdade de Filosofia e Letras, no ano incólume de 1968. E pensei, como pensei então e como penso agora, que fazer? Não esperar que voltasse a abrir os olhos e cair fora daquela casa que estava se desfazendo no túnel do tempo? Esperar que voltasse a abrir os olhos e perguntar o significado, se é que tinha, dessa passagem da mitologia grega? Ficar quieta e fechar os olhos eu também, com o risco que isso comportava, quer dizer, que ao abri-los, em lugar de Coffeen e dos quadros cheios de pó, só visse os ladrilhos iluminados pela lua que brilhava naquele mês de setembro pela Cidade Universitária? Dizer a mim mesma que já chegava de brincar com fogo e portanto abrir os olhos, dar boa-noite ou bom-dia e sair para sempre daquela casa perdida num horizonte mexicano, de olhos fechados? Estender a mão, tocar o rosto de Coffeen e lhe dizer com meu olhar que havia entendido a história (coisa absolutamente falsa), depois me dirigir com passos seguros para a cozinha e preparar um chá preto, ou melhor, um chá de tília?

Podia ter feito todas essas coisas. Acabei não fazendo nada.

Coffeen abriu os olhos e me encarou. Isso é tudo, falou. Tentou sorrir mas não pôde. Ou talvez aquela careta ou tique nervoso era sua maneira de sorrir. O resto da história é bem conhecido. Orestes viaja em companhia de Pílades. Numa das suas viagens encontra sua irmã Ifigênia. Tem aventuras. Sua fama se estende por toda a Grécia. Estive a ponto de dizer, quando ele mencionou Ifigênia, que Orestes teria feito melhor se afastando das irmãs, veneno puro, mas não disse. Depois Coffeen se levantou, como dando a entender que era muito tarde e que ele tinha de continuar a trabalhar, ou dormir, ou rememorar façanhas gregas num canto da sala. O problema era que, naquele momento, eu tinha voltado a pensar em Erígone e de repente me dei conta de algo na história que antes não havia percebido. Algo, algo, mas o quê? De modo que Coffeen ficou petrificado em seu gesto que me convidava a sair e eu fiquei petrificada no sofá, enquanto meu olhar passeava pelo chão, pelos móveis, pela parede e pela figura do próprio Coffeen, no gesto típico de quem está a ponto de se lembrar de alguma coisa, um nome na ponta da língua, um pensamento que começa a ser gestado em meio a descargas elétricas e rios de sangue e que, no entanto, permanece como que entre sombras ou informe, atemorizado consigo mesmo ou atemorizado com a engrenagem que o pôs em movimento, ou antes, atemorizado com o *efeito* que inevitavelmente vai causar na engrenagem, mas que por outro lado não pode atrasar o encontro, a saída, como se a palavra Erígone repetida até formar uma espécie de fórceps o fosse tirando da sua cova no meio de berreiros, risos involuntários e outras atrocidades.

E então, quando eu ainda não sabia o que tinha lembrado ou pensado, Coffeen disse que era muito tarde e o vi movimentar-se nervoso pela sala, desviando com uma agilidade que só o costume proporciona dos objetos que outrora constituíram o conforto e o luxo da casa de Lilian Serpas.

Cronos, disse eu. Pensei na história de Cronos. Você conhece?, perguntei com acento agudo, mais que como um improvável resquício rio-platense, como uma forma de me proteger. A história de Cronos, claro que sim, disse Coffeen, os olhos velados por uma substância dissolvente. Não sei por que pensei nela, disse eu para ganhar tempo. Não tem nada a ver com Orestes, disse Coffeen. A-há, fiz eu sem tapar a boca e buscando num desenho de Coffeen pendurado na parede um rasgo de eloqüência: no desenho se via um homem avançando por um caminho enquanto as estrelas, que tinham olhos, o fitavam. Francamente, não podia ser pior. Francamente, aquele quadro não convidava à eloqüência. Francamente, eu me senti travada e, por um instante, me pareceu, como quem levanta a lâmina de um raio e vê o que tem atrás!, que Coffeen era Orestes e eu, Erígone, e que aquelas horas de escuridão se tornariam eternas, isto é, que eu nunca mais veria a luz do dia, abrasada pelo olhar negro do filho de Lilian, que junto com minhas suposições e meus medos foi crescendo (mas não se alargando) até adquirir proporções de uma bétula ou de um carvalho, uma árvore enorme no meio de uma noite enorme, a única árvore na solidão dos pampas, que abria seus olhos, os olhos que viram Erígone desaparecer na vastidão dos tempos, e me fitava, e o que a princípio era perplexidade ou simples desconhecimento, olhar que paira sobre um desconhecido ou sobre uma encarnação do acaso, paulatinamente foi se transformando num olhar de reconhecimento, e o que antes era perplexidade passou a ser ódio, rancor, furor homicida.

E então compreendi e agarrei no ar o que tinha me passado despercebido.

Espere aí, falei. Agora eu me lembro. O ar rarefeito pelo vôo de milhares de insetos clareou. Coffeen olhava para mim. Eu olhava para um aeroporto onde não havia aviões nem gente: só hangares sem sombras e pistas de aterrissagem, porque desse aeroporto só saíam sonhos e visões. Era o aeroporto dos bêbados e dos drogados. Depois o aeroporto se esfumou e em seu lugar vi os olhos de Coffeen que me perguntavam o que eu tinha lembrado. E eu disse: nada. Nada, loucuras minhas, idéias minhas. Fiz o gesto de me levantar, pois, agora sim, decidi que para aquela noite já estava de bom tamanho, mas Coffeen pôs uma das suas mãos no meu ombro e me reteve. Seja o que Deus quiser, pensei. Não sou uma mulher religiosa, mas foi o que pensei. E também pensei: não verei a luz de um novo dia, que dito assim soa meio brega, mas pensado naquele momento soava como pórtico do mistério ou algo assim. E, coisa surpreendente, o que senti então não foi medo mas alívio, como se o fato de me dar conta de repente do que havia acontecido, por alto, na história de Erígone houvesse me anestesiado e embora a sala da casa de Lilian Serpas não fosse a coisa mais parecida com uma sala de operações, eu me senti como se estivessem me arrastando para uma sala de operações. Pensei: estou no banheiro das mulheres da Faculdade de Filosofia e Letras e sou a última que ficou. Ia em direção à sala de operações. Ia em direção ao parto da História. E também pensei (porque não sou boba): tudo acabou, os granadeiros saíram da universidade, os estudantes morreram em Tlatelolco, a universidade voltou a se abrir, mas eu continuo trancada no banheiro do quarto andar, como se de tanto arranhar os ladrilhos iluminados pela lua eu tivesse aberto uma porta que não é o pórtico da tristeza no *continuum* do Tempo. Todos se foram, menos eu. Todos voltaram, menos eu. A segunda afirmação era difícil de aceitar porque a verdade é que eu não via ninguém e, se todos houvessem voltado, eu os veria. Na realidade, se me esforçava, a única coisa que conseguia ver eram os olhos de Carlos Coffeen Serpas. Mas a vaga certeza continuava ali, enquanto minha maca corria pelo corredor, um corredor verde bosque, em certos trechos verde camuflagem militar, em certos trechos verde garrafa de vinho, na direção de uma sala de operações que se dilatava no tempo, enquanto a História anunciava aos berros seu Parto e os médicos anunciavam com sussurros minha anemia, mas como vão me operar de anemia?, pensava eu. Vou ter um filho, doutor?, eu sussurrava fazendo um esforço imenso. Os médicos me olhavam de cima, com suas verdes máscaras de bandidos, e diziam que não, enquanto a maca ia cada vez mais rápida por um corredor que serpeava como uma veia fora do corpo. Não vou mesmo ter um filho? Não estou grávida?, perguntava a eles. E os médicos olhavam para mim e diziam não, senhora, só a estamos levando para que assista ao parto da História. Mas por que tanta pressa, doutor?, estou ficando enjoada!, dizia pra eles. E os médicos respondiam com o mesmo tom monótono com que se responde a quem agoniza: porque o parto da História não pode esperar, porque se chegarmos tarde a senhora não vai ver nada, só as ruínas e a fumaça, a paisagem vazia, e voltará a ficar sozinha para sempre, apesar de sair todas as noites para se embriagar com seus amigos poetas. Então mais depressa, dizia eu. A anestesia subia à minha cabeça como às vezes me sobem os vapores da saudade e eu parava (momentaneamente) de fazer perguntas. Fixava minha vista no teto e só ouvia o tamborilar de borracha da maca e os gritos em surdina de outros doentes, de outras vítimas do pentotal sódico (assim pensava) e até sentia um ligeiro calorzinho gostoso que subia lentamente por meus ossos compridos e gelados.

Quando chegávamos à sala de operações, a vista se embaçava, depois se espatifava, depois caía e se fragmentava, depois um raio pulverizava os fragmentos, depois o vento levava o pó para o meio do nada ou da Cidade do México.

Era hora de abrir os olhos outra vez e dizer alguma coisa, o que quer que fosse, para Carlos Coffeen Serpas.

E o que eu disse foi que já era tarde, que tinha de ir embora. Coffeen olhou para mim como se ele também houvesse visto algo que normalmente só se vê nos sonhos, e se afastou de um pulo. Sua mãe vai vir amanhã de manhã, falei. Entendido, disse Coffeen sem olhar para mim.

Ele me acompanhou até a porta. Quando eu descia o primeiro lance da escada me virei, ele continuava ali, no patamar, a porta por fechar, me espiando. Levei a mão à boca e comecei a lhe dizer alguma coisa, mas de repente me dei conta de que só estava pronunciando sílabas incoerentes. Foi como se de repente eu tivesse ficado gagá. De modo que me quedei ali com a mão na boca, olhando para ele, mas sem atinar com o que lhe dizer, até que Coffeen, com um gesto em que era lícito perceber medo e cansaço em partes iguais, fechou a porta. Durante uns segundos permaneci imóvel. Pensava. Depois a luz da escada se apagou e comecei a descer devagar, no escuro, sem soltar o corrimão.

Na Bolívar peguei um táxi.

Enquanto íamos a caminho da minha água-furtada, que na época era na colônia Escandón, eu me pus a chorar. O taxista me olhou de esguelha. Parecia uma iguana. Acho que pensou que eu era uma puta e que tinha passado uma noite ruim. Não chore, loura, falou, não vale a pena, amanhã você vai ver as coisas de outra maneira. Pare de bancar o filósofo, repliquei, e dirija com cuidado.

Quando saí do táxi meus olhos estavam secos.

Preparei um chá e fui ler recostada na cama. Não me lembro o que li. Com certeza não foi Pedro Garfias. Por fim desisti e terminei meu chá às escuras. Logo amanheceu mais uma vez na capital do México.

13.

Eu soube então o que soube, e uma alegria frágil, trêmula, se instalou em meus dias. Sair pelas noites com os poetas jovens mexicanos me deixava exausta ou vazia, ou com vontade de chorar. Mudei de água-furtada. Morei na Nápoles, na Roma e na Atenor Salas. Perdi meus livros e perdi minha roupa. Mas em pouco tempo já tinha de novo livros e também, embora com menos celeridade, alguma roupa. Me arranjaram uns bicos sem importância na universidade, depois tiraram. Todos os dias, exceto por motivos de força maior, eu estava lá e via o que ninguém via. Minha adorada Faculdade de Filosofia e Letras, com seus ódios florentinos e suas vinganças romanas. De vez em quando encontrava Lilian Serpas no café Quito ou em algum outro local da avenida Bucareli e, como era natural, nos cumprimentávamos, mas nunca mais tornamos a falar do seu adorado filho (embora algumas noites eu tivesse dado o que fosse para que Lilian me pedisse outra vez que fosse à sua casa e dissesse a seu filho que naquela noite não ia voltar), até que um dia parou de aparecer, como o fantasma dos vendavais, pelos lugares que eu freqüentava, e ninguém perguntou por ela nem eu quis fazer averiguações sobre seu paradeiro, tal era a fragilidade que tinha se instalado no meu espírito, a falta de curiosidade, precisamente uma das minhas características, outrora, mais notáveis.

Pouco depois dei de dormir. Antes eu nunca dormia. Era a insone da poesia mexicana e lia tudo, comemorava, não havia brinde em que eu não estivesse. Mas um dia, alguns meses depois de ter visto pela primeira e última vez Carlos Coffeen Serpas, adormeci no banco de um ônibus que me levava para a universidade e só acordei quando uns braços me agarraram pelos ombros e me sacudiram, como se tentassem pôr em movimento um pêndulo avariado. Acordei sobressaltada. Quem tinha me acordado era um rapazinho de uns dezessete anos, um estudante, e ao ver seu rosto tive de fazer um esforço muito grande para não desatar a chorar ali mesmo.

Desde aquele dia, dormir transformou-se num vício.

Não queria pensar em Coffeen nem na história de Erígone e Orestes. Não queria pensar na minha história nem nos anos que me restavam de vida.

De modo que dormia, estivesse onde estivesse, geralmente quando estava sozinha (detestava ficar sozinha, quando ficava sozinha mergulhava de imediato no sono), mas com o passar do tempo o vício se tornou crônico e eu dormia inclusive quando estava acompanhada, debruçada na mesa de um bar ou incomodamente sentada numa sessão de teatro universitário.

De noite, uma voz, a do anjo da guarda dos sonhos, me perguntava: *che*, Auxilio, você descobriu onde foram parar os jovens do nosso continente. Cale a boca, eu respondia, cale a boca. Não sei nada. De que jovens está falando. Não sei nada de nada. E então a voz murmurava alguma coisa, dizia mmm, algo assim, como se não estivesse muito convencida da minha resposta, e eu dizia: ainda estou no banheiro das mulheres da Faculdade de Filosofia e Letras e a lua derrete um a um todos os ladrilhos da parede até abrir um buraco por onde passam imagens, filmes que falam de nós, das nossas leituras, do futuro rápido como a luz e que não veremos.

Depois sonhava profecias idiotas.

E a vozinha me perguntava, *che*, Auxilio, o que está vendo?

O futuro, respondia eu, posso ver o futuro dos livros do século XX.

E pode fazer profecias?, me perguntava a voz com um sotaquezinho misterioso, mas em que não havia nada de irônico.

Profecias, profecias, o que se chama de profecias não sei, mas posso fazer um ou outro prognóstico, replicava eu com a voz pastosa dos sonhos.

Faça, faça, dizia a vozinha francamente entusiasmada.

Estou no banheiro das mulheres da faculdade e posso ver o futuro, dizia eu com voz de soprano e como se me fizesse de rogada.

Eu sei, dizia a voz do sonho, eu sei, comece com as profecias que eu anoto.

As vozes, dizia eu com voz de barítono, não anotam nada, as vozes nem sequer escutam. As vozes só falam.

Está enganada, mas tanto faz, diga o que tem a dizer e procure dizer alto e claro.

Então eu tomava fôlego, hesitava, punha a mente em branco e finalmente dizia: minhas profecias são estas.

Vladímir Maiakóvski voltará a ficar na moda lá pelo ano de 2150. James Joyce reencarnará num menino chinês no ano de 2124. Thomas Mann se converterá num farmacêutico equatoriano no ano de 2101.

Marcel Proust entrará num desesperado e prolongado esquecimento a partir do ano de 2033. Ezra Pound desaparecerá de algumas bibliotecas no ano de 2089. Vachel Lindsay será um poeta de massas no ano de 2101.

César Vallejo será lido nos túneis no ano de 2045. Jorge Luis Borges será lido nos túneis no ano de 2045. Vicente Huidobro será um poeta de massas no ano de 2045. Virginia Wolf reencarnará numa narradora argentina no ano de 2076. Louis-Ferdinand Céline entrará no Purgatório no ano de 2094. Paul Éluard será um poeta de massas no ano de 2101. Metempsicose. A poesia não desaparecerá. Seu não-poder se fará visível de outra maneira.

Cesare Pavese se transformará no Santo Padroeiro do Olhar no ano de 2034. Pier Paolo Pasolini se transformará no Santo Padroeiro da Fuga no ano de 2100. Giorgio Bassani sairá do túmulo no ano de 2167.

Oliverio Girondo encontrará seu lugar como escritor juvenil no ano de 2099. Roberto Arlt verá toda a sua obra levada ao cinema no ano de 2102. Adolfo Bioy Casares verá toda a sua obra levada ao cinema no ano de 2015.

Arno Schmidt ressurgirá das cinzas no ano de 2085. Franz Kafka voltará a ser lido em todos os túneis da América Latina no ano de 2101. Witold Gombrowicz gozará de um grande apreço nos extramuros do Rio da Prata lá pelo ano de 2098.

Paul Celan ressurgirá das cinzas no ano de 2113. André Breton ressurgirá dos espelhos no ano de 2071. Max Jacob deixará de ser lido, isto é, seu último leitor morrerá no ano de 2059.

No ano de 2059 quem lerá Jean-Pierre Duprey? Quem lerá Gary Snyder? Quem lerá Ilarie Voronca? Essas são as coisas que me pergunto.

Quem lerá Gilberte Dallas? Quem lerá Rodolfo Wilcock? Quem lerá Alexandre Unik?

Nicanor Parra, no entanto, terá uma estátua numa praça do

Chile no ano de 2059. Octavio Paz terá uma estátua no México no ano de 2020. Ernesto Cardenal terá uma estátua, não muito grande, na Nicarágua no ano de 2018.

Mas todas as estátuas voam, por intervenção divina ou mais usualmente por dinamite, como voou a estátua de Heine. De modo que não confiemos demasiadamente nas estátuas.

Carson McCullers, no entanto, continuará sendo lida no ano de 2100. Alejandra Pizarnik perderá sua última leitora no ano de 2100. Alfonsina Storni reencarnará em gato ou leão-marinho, não posso precisar, no ano de 2050.

O caso de Anton Tchekov será um pouco diferente: reencarnará no ano de 2003, reencarnará no ano de 2010, reencarnará no ano de 2014. Finalmente, voltará a aparecer no ano de 2081. Depois, nunca mais.

Alice Sheldon será uma escritora de massas no ano de 2017. Alfonso Reyes será definitivamente assassinado no ano de 2058, mas na realidade será Alfonso Reyes que assassinará seus assassinos. Marguerite Duras viverá no sistema nervoso de milhares de mulheres no ano de 2035.

E a vozinha dizia que curioso, que curioso, alguns dos autores que você cita eu não li.

Qual, por exemplo?, perguntava eu.

Bom, Alice Sheldon, por exemplo, não tenho idéia de quem seja.

Eu ria. Ria um tempão. Está rindo de quê?, perguntava a vozinha. De ter pegado você, que é tão culta, eu respondia. Culta, culta, o que se chama de culta, não sei, dizia ela, mas li. Que esquisito, dizia eu, como se de repente o sonho tivesse dado um giro de 180 graus e eu me encontrasse agora numa região fria, de Popocatépetles e Ixtaccíhuatles multiplicados. O que acha tão esquisito?, indagava a voz. Ter um anjo dos sonhos de Buenos Aires sendo eu uruguaia. Ah, bom, mas isso é muito comum, dizia ela. Alice Sheldon assina seus livros com o pseudônimo de James Tiptree Jr., dizia eu tremendo de frio. Não li, dizia a voz. Escreve contos e romances de ficção científica, dizia eu. Não li, não li, dizia a voz, e eu podia ouvir claramente como seus dentes chocalhavam. Você tem dentes?, eu perguntava espantada a ela. Dentes, o que se chama de dentes propriamente ditos, não, respondia ela, mas se estou com você chocalham os dentes que você perdeu. Meus dentes!, pensava eu com um certo carinho mas já sem saudade nenhuma. Não acha que está frio demais?, dizia meu anjo da guarda. Muito, muito, dizia eu. Que acha da gente ir indo deste lugar tão gelado?, dizia a voz. Acho ótimo, dizia eu, mas não sei como vamos conseguir. Só sendo alpinista pra sair daqui sem se arrebentar toda.

Por um instante nos movíamos pelos gelos tentando avistar ao longe o DF.

Isso me lembra um quadro de Caspar David Friedrich, dizia a vozinha. Era inevitável, rebatia eu. O que está querendo insinuar?, perguntava ela. Nada, nada.

Depois, horas ou meses depois, a vozinha me dizia temos de sair daqui andando, ninguém vai vir nos resgatar. E eu dizia a ela: não podemos, nos arrebentaríamos todas (ou, antes, eu me arrebentaria). Além do mais, começo a me acostumar com o frio, com a pureza deste ar, é como se voltássemos a viver na região mais transparente do dr. Atl, mas brutalmente. E a vozinha olhava para mim com um som tão triste e tão cristalino como o poema das vogais de Rimbaud e me dizia: você se acostumou.

E então, depois de outro silêncio de meses ou talvez de anos, me dizia: lembra daqueles seus compatriotas que tiveram um acidente aéreo? Que compatriotas?, perguntava eu, já farta que a voz interrompesse meus sonhos do nada. Aqueles que caíram nos Andes, que todo o mundo deu por mortos e que passaram uns três meses na cordilheira comendo os cadáveres para não morrer de fome, acho que eram jogadores de futebol, disse a vozinha. Eram jogadores de rúgbi, disse eu. Eram jogadores de rúgbi? Quem diria, eu pensava que eram jogadores de futebol. Bem, então você se lembra, não? Lembro sim, dizia eu, os jogadores de rúgbi canibais dos Andes. Pois você devia imitá-los, dizia a vozinha. Quem você quer que eu coma?, perguntava eu procurando sua sombra que soava tão enfática e tão bonita quanto o poema *Marcha triunfal* de Rubén Darío. Eu não, você não pode me comer, dizia a vozinha. Quem eu poderia comer então? Estou sozinha aqui. Estamos você e eu, os milhares de Popocatépetl e Ixtaccíhuatl, o vento gelado e nada mais, dizia eu enquanto andava pela neve e fitava o horizonte procurando um sinal qualquer da maior cidade da América Latina. Mas não via a porra do DF em lugar nenhum e o que na realidade eu queria era tornar a dormir outra vez.

Então a vozinha se punha a falar do final de um romance de Julio Cortázar, aquele em que o personagem está sonhando que está num cinema e chega outro e lhe diz acorde. Depois se pôs a falar de Marcel Schwob, de Jerzy Andrzejewski e da tradução que Pitol fez do romance de Andrzejewski, e eu disse alto lá, menos blablablá, isso tudo eu conheço, meu problema, se é que havia algum problema, não é acordar mas não voltar a adormecer, coisa bastante improvável pois os sonhos que tenho são bons, e não há ser humano que deseje acordar de um bom sonho. Ao que a vozinha replicava com um jargão psicanalítico que a identificava claramente (caso ainda me restasse alguma dúvida) como vozinha portenha, e não montevideana. Então eu lhe dizia: que curioso, meus calafrios costumam ser uruguaios, mas meu anjo da guarda dos sonhos é argentino. E ela, com tom professoral, me corrigia: argentina, no feminino, argentina.

Depois ficávamos em silêncio, enquanto o vento levantava a rajadas colares de gelo que ficavam suspensos no ar por uns segundos e em seguida desapareciam, olhando as duas para o horizonte imaculado, quem sabe não víamos aparecer em algum lugar a sombra do DF, mas, para dizer a verdade, sem muita esperança de que aparecesse. Até que a vozinha dizia: *che*, Auxilio, acho que vou indo. Para onde?, perguntava eu. Para outro sonho, dizia ela. Que sonho?, perguntava eu. Qualquer outro, dizia ela, estou morrendo de frio aqui. Dizia essa última coisa com tanta sinceridade que eu procurava seu rosto entre a neve e, quando por fim o encontrava, sua carinha soava como um poema de Robert Frost que fala da neve e do frio, e isso me dava muita pena porque a vozinha não mentia para mim, era verdade que estava se congelando, coitadinha.

Então eu a pegava nos meus braços para lhe dar calor e lhe dizia: vá quando quiser, não tem problema nenhum. Gostaria de ter dito mais coisas, porém só me saíam essas frases nem um pouco angelicais. E a vozinha se mexia nos meus braços como a penugem de um suéter de angorá, um suéter de angorá que não pesava nada e ronronava como os gatos do jardim de Remedios Varo. E quando ela já tinha se aquecido eu lhe dizia vá, foi um prazer conhecê-la, vá antes que você fique congelada de novo. E a vozinha saía dos meus braços (mas era como se saísse do meu umbigo) e ia embora sem dizer adeus, nem tchau, nem nada, quer dizer, saía à francesa como bom anjo da guarda dos sonhos argentino, e eu ficava sozinha, refletindo como uma louca, e de tanto pensar chegava à conclusão de que basicamente a única coisa que a vozinha tinha conseguido arrancar de mim foram bobagens. Você ficou como uma boba, eu me dizia em voz alta, ou tentava me dizer em voz alta.

Digo tentava porque efetivamente tentava, quero dizer, abrir a boca, modular nas solidões nevadas essas palavras, mas era tão grande o frio que nem mover a queixada eu podia. Por isso acho que o que eu dizia na realidade só pensava, mas também devo dizer que meus pensamentos eram atroadores (ou assim me parecia naquelas altitudes nevadas), como se o frio, enquanto me matava e me adormecia, ao mesmo tempo estivesse me transformando numa espécie de yeti, numa mulher das neves toda músculos, pêlos e vozeirão, embora eu certamente já soubesse que tudo aquilo transcorria num cenário imaginário, que eu não tinha músculos nem pelagem que me protegessem das rajadas geladas, que minha voz muito menos ainda tinha se metamorfoseado naquela espécie de catedral que existia por si mesma e para si mesma, e que a única coisa que eu fazia era formular uma só pergunta vazia de substância, oca, insone: por quê?, por quê?, até as paredes de gelo racharem e caírem com grande estrépito enquanto outras novas se erguiam como que formadas pela poeira que levantavam as caídas, e assim não havia modo de fazer nada, tudo era imutável, tudo irremediável, tudo inútil, até chorar, porque nas altitudes nevadas a gente não chora, só faz perguntas, isso eu descobri com assombro, nas alturas de Machu Picchu não se chora, ou porque o frio afeta as glândulas que regulam as lágrimas, ou porque ali até as lágrimas são inúteis, o que é, como quer que se considerem as coisas, o cúmulo.

De modo que ali estava eu, ninada pela neve e disposta a morrer, quando de repente senti uma coisa gotejando e me disse não pode ser, devo estar alucinando outra vez, no Himalaia nada goteja, tudo está congelado. Bastou esse barulhinho para que eu não caísse no sono eterno. Abri os olhos e procurei a fonte daquele barulho. Pensei: será que a geleira está degelando? A escuridão parecia quase absoluta, mas não tardei a descobrir que meus olhos é que demoravam a se acostumar. Depois vi a lua parada num ladrilho, num só, como se estivesse me esperando.

Eu estava sentada no chão, com as costas apoiadas na parede. Levantei-me. A torneira de uma das pias do banheiro das mulheres do quarto andar não estava bem fechada. Abri-a toda e molhei o rosto. A lua então mudou de ladrilho.

14.

Nesse momento decidi descer das montanhas. Decidi não morrer de fome no banheiro das mulheres. Decidi não enlouquecer. Decidi não me transformar em mendiga. Decidi dizer a verdade ainda que me apontassem com o dedo. Comecei a descer. Só me lembro do vento gélido que me cortava a cara e do brilho da lua. Havia rochedos, havia desfiladeiros, havia como que pistas de esqui pós-nucleares. Mas eu descia sem prestar muita atenção nisso tudo. Em alguma parte do céu estava sendo gestada uma tempestade elétrica, mas eu não prestava muita atenção nela. Eu descia e pensava em coisas alegres. Pensava em Arturito Belano, por exemplo, que quando voltou para o DF começou a sair com outros, não mais com os poetas jovens do México, e sim com gente mais moça que ele, uns guris de dezesseis, de dezessete, de dezoito anos. Depois conheceu Ulises Lima e começou a rir de seus antigos amigos, inclusive de mim, a lhes perdoar a vida, a olhar tudo como se ele fosse Dante e acabasse de voltar do Inferno, que Dante que nada!, como se ele fosse o próprio

Virgílio, um rapaz tão sensível, começou a fumar marijuana, vulgo *mota*, e a transar substâncias que prefiro nem imaginar. Mas, como quer que seja, no fundo, eu sei, continuava sendo tão simpático quanto antes. Assim, quando nos encontrávamos por acaso, porque já não saíamos com as mesmas pessoas, ele me dizia e aí Auxilio, ou me gritava Socorro, Socorro!, Socorro!!, da calçada em frente à avenida Bucareli, pulando feito um macaco, com um taco na mão ou um pedaço de pizza na mão, sempre em companhia dessa tal Laura Jáuregui, que era sua namorada e era lindíssima, mas também era mais arrogante que ninguém, de Ulises Lima e daquele outro chileninho, Felipe Müller, às vezes eu até me animava e me juntava ao grupo, mas eles falavam em *glíglico*,* mas se notava que eles gostavam de mim, se notava que sabiam quem era eu, mas eles falavam em *glíglico*, e assim é difícil acompanhar os meandros e avatares de uma conversa, o que finalmente me fazia seguir meu caminho na neve.

Mas ninguém imagine que riam de mim! Eles me ouviam! Mas eu não falava *glíglico*, e os pobres meninos eram incapazes de abandonar sua gíria. Os pobres meninos abandonados. Porque a situação era a seguinte: ninguém gostava deles. Ou ninguém os levava a sério. Ou às vezes a gente tinha a impressão de que eles se levavam a sério demais.

Um dia me disseram: Arturito Belano foi embora do México. E acrescentaram: esperemos que desta vez não volte. Isso me deu uma raiva danada, porque eu sempre gostei dele, e acho que provavelmente devo ter insultado a pessoa que me disse isso (pelo menos mentalmente), mas antes tive o sangue-frio de perguntar para onde ele tinha ido. Não souberam me dizer: Austrália, Europa, Canadá, um lugar desses. Fiquei pensando ne-

---

* Linguagem inventada por Horácio e a Maga, personagens de *O jogo da amarelinha* de Julio Cortázar. (N. T.)

le, fiquei pensando na mãe dele, tão generosa, na sua irmã, nas tardes em que fazíamos empanadas na casa deles, na vez em que fiz a massa do macarrão e, para que ela secasse, penduramos o macarrão por todas as partes, na cozinha, na sala de jantar, no pequeno living que tinham na rua Abraham González. Não consigo esquecer nada. Dizem que é esse o meu problema. Sou a mãe dos poetas do México. Sou a única que se agüentou na universidade em 1968, quando os granadeiros e o exército entraram. Fiquei sozinha na faculdade, trancada num banheiro, sem comer por mais de dez dias, por mais de quinze dias, de 18 de setembro a 30 de setembro, não lembro mais.

Fiquei com um livro de Pedro Garfias e minha bolsa, vestida com uma blusinha branca e uma saia plissada azul-clara, e tive tempo de sobra para pensar e pensar. Mas não pude pensar em Arturo Belano, porque ainda não o conhecia.

Eu me disse: Auxilio Lacouture, resista, se você sair vão prender você (e provavelmente vão deportá-la para Montevidéu, porque, é lógico, você não está com os documentos em ordem, sua boba), vão cuspir em você, vão espancá-la. Decidi resistir. Resistir à fome e à solidão. Dormi as primeiras horas sentada na latrina, a mesma que havia ocupado quando tudo começou e que em meu desamparo achava que me dava sorte, mas dormir sentada num trono é muito incômodo, de modo que acabei encolhida nos ladrilhos. Tive sonhos, não pesadelos, sonhos musicais, sonhos de perguntas transparentes, sonhos de aviões esbeltos e seguros que cruzavam a América Latina de ponta a ponta num brilhante e frio céu azul. Acordei congelada e com uma fome dos mil demônios. Espiei pela janela, pela ventilação dos lavatórios, e vi a manhã de um novo dia em pedaços de campus, como as peças de um puzzle. Dediquei aquela primeira hora da manhã a chorar e a dar graças aos anjos do céu por não terem cortado a água. Não adoeça, Auxilio, disse a mim mesma, beba toda água que quiser, mas não adoeça. Eu me deixei cair no chão, com as costas apoiadas na parede, e abri outra vez o livro de Pedro Garfias. Meus olhos se fecharam. Devo ter adormecido. Depois ouvi passos e me escondi na minha latrina (essa latrina é o cubículo que eu nunca tive, essa latrina foi minha trincheira e meu palácio do Duíno, minha epifania do México). Depois li Pedro Garfias. Depois adormeci. Depois fui olhar pela janelinha do banheiro, vi nuvens altíssimas e pensei nos quadros do dr. Atl e na região mais transparente. Depois fiquei pensando em coisas lindas.

Quantos versos sabia de cor? Comecei a recitar, a murmurar os que eu recordava e teria gostado de poder anotá-los; entretanto, embora tivesse uma Bic, não tinha papel. Depois pensei: boba, você tem o melhor papel do mundo à sua disposição. Cortei então papel higiênico e comecei a escrever. Depois dormi e sonhei, ai que engraçado, com Juana de Ibarbourou, sonhei com seu livro *La rosa de los vientos*, de 1930, e também com seu primeiro livro, *Las lenguas de diamante*, que título lindo, lindíssimo, quase como se fosse um livro de vanguarda, um livro francês escrito ano passado, mas Juana de América o publicou em 1919, isto é, aos vinte e sete anos, que mulher mais interessante devia ser na época, com todo mundo à sua disposição, com todos aqueles cavalheiros dispostos a cumprir elegantemente suas ordens (cavalheiros que não existem mais, embora Juana ainda exista), com todos aqueles poetas modernistas dispostos a morrer pela poesia, com tantos olhares, com tantos galanteios, com tanto amor.

Depois acordei. Pensei: eu sou a recordação.

Foi o que pensei. Depois voltei a dormir. Depois acordei e durante horas, dias talvez, chorei pelo tempo perdido, por minha infância em Montevidéu, por rostos que ainda me perturbam (que hoje até me perturbam mais que antes) e sobre os quais prefiro não falar.

Depois perdi a conta dos dias que estava trancada. Da minha janelinha eu via passarinhos, árvores ou galhos que se estendiam de lugares invisíveis, arbustos, relva, nuvens, paredes, mas não via gente nem ouvia ruídos, e perdi a conta do tempo que estava trancada. Depois comi papel higiênico, talvez me lembrando de Carlitos, mas só um pedacinho, não tive estômago para comer mais. Depois descobri que não estava mais com fome. Em seguida peguei o papel higiênico em que havia escrito, joguei tudo na latrina e dei a descarga. O barulho da água me fez dar um pulo e então pensei que estava perdida.

Pensei: apesar de toda a minha astúcia e de todos os meus sacrifícios, estou perdida. Pensei: que ato poético destruir meus escritos. Pensei: melhor teria sido comê-los, agora estou perdida. Pensei: a vaidade da escrita, a vaidade da destruição. Pensei: porque escrevi, resisti. Pensei: porque destruí o escrito vão me descobrir, vão me pegar, vão me violentar, vão me matar. Pensei: ambos os fatos estão relacionados, escrever e destruir, se esconder e ser descoberta. Depois me sentei no trono e fechei os olhos. Depois adormeci. Depois acordei.

Estava com cãibras no corpo todo. Me movimentei lentamente pelo banheiro, me olhei no espelho, me penteei, lavei o rosto. Ai, com que cara horrível eu estava. Como a de agora, imaginem só. Depois ouvi vozes. Acho que fazia muito tempo que eu não ouvia nada. Eu me sentia como Robinson Crusoé ao descobrir as pegadas na areia. Mas minha pegada era uma voz e uma porta que batia de repente, minha pegada era uma avalanche de bolinhas de gude atiradas inesperadamente no corredor. Depois Lupita, a secretária do professor Fombona, abriu a porta e ficamos nos encarando, as duas com a boca aberta mas sem poder articular nenhuma palavra. De emoção, creio, desmaiei.

Quando voltei a abrir os olhos, percebi que estava instalada no escritório do professor Rius (como Rius era e é bonito e corajoso!), entre amigos e rostos conhecidos, entre gente da universidade e não entre soldados, e isso me pareceu tão maravilhoso que eu comecei a chorar, incapaz de formular um relato coerente da minha história, apesar da insistência de Rius, que parecia ao mesmo tempo escandalizado e grato pelo que eu tinha feito.

E isso é tudo, amiguinhos. A lenda se espalhou ao vento do DF e ao vento de 68, se fundiu com os mortos e com os sobreviventes, e agora todo mundo sabe que uma mulher permaneceu na universidade quando foi violada a autonomia naquele ano bonito e aziago. Eu continuei vivendo (mas faltava alguma coisa, faltava o que eu tinha visto), e muitas vezes ouvi minha história, contada por outros, na qual aquela mulher que ficou treze dias sem comer, trancada num banheiro, é uma estudante da Faculdade de Medicina ou uma secretária da Torre da Reitoria, e não uma uruguaia sem documentos, sem trabalho, sem casa onde descansar a cabeça. Às vezes nem é uma mulher, mas um homem, um estudante maoísta ou um professor com problemas gastrointestinais. E, quando ouvia essas histórias, essas versões da minha história, geralmente (sobretudo se não estava de porre) não dizia nada. E, se estava de porre, não dava importância ao assunto! Isso não é importante, dizia a eles, isso é folclore universitário, isso é folclore do DF, então eles olhavam para mim (mas quem olhava para mim?) e diziam: Auxilio, você é a mãe da poesia mexicana. E eu respondia (se estava de porre, gritava) que não, que não sou mãe de ninguém, mas que, isso sim, conhecia todos, todos os jovens poetas do DF, os que nasceram aqui, os que chegaram das províncias, os que a maré trouxe de outros lugares da América Latina, e que amava todos eles.

Então eles olhavam para mim e ficavam em silêncio.

Eu esperava um tempo prudente me fazendo de desentendida, depois tornava a fitá-los e me perguntava por que não diziam nada. Embora tentasse manter meu olhar ocupado com outras coisas, o trânsito do outro lado das vidraças, o movimento pausado das garçonetes, a fumaça que saía de um lugar indeterminado detrás do balcão, o que de fato me interessava era observá-los, a eles, imersos num silêncio sem fim, e pensava que não era normal que ficassem calados tanto tempo.

E nesse momento voltavam a inquietude, as conjecturas desmedidas, o sono e o frio que dilacera e depois adormece as extremidades. Mas eu não parava de me mexer. Mexia as pernas e os braços. Respirava. Oxigenava meu sangue. Se eu não quiser morrer, não vou morrer, dizia a mim mesma. Assim, me mexia e ao mesmo tempo, a vôo de águia, embora ali não houvesse águias, via meu corpo se mover entre os desfiladeiros nevados, pelas planuras de neve, pelas intermináveis esplanadas brancas como o lombo fossilizado de Moby Dick. Mas eu continuava andando. Andei, andei. De vez em quando parava e dizia a mim mesma: acorde, Auxilio. Não há quem agüente isso. Mas eu sabia que podia agüentar. Assim, batizei minha perna direita com o nome de vontade e minha perna esquerda com o nome de necessidade. E agüentei.

Agüentei e certa tarde deixei para trás o imenso território nevado e avistei um vale. Sentei no chão e contemplei o vale. Era grande. Parecia o fundo que se vê em algumas pinturas renascentistas, só que grosseiro. O ar era frio, mas não cortava o rosto. Parei no alto do vale e sentei no chão. Estava cansada. Queria respirar. Não sabia o que ia ser da minha vida. Talvez, conjecturei, alguém me arranje um bico na faculdade. Respirei. O ar era saboroso. Entardecia. O sol começava a se pôr muito mais além, em outros vales singulares, talvez menores que o enorme vale que eu tinha encontrado. A claridade que pairava sobre as coisas, não obstante, era suficiente. Começarei a descer, pensei, assim que recobrar um pouco das minhas forças e antes do anoitecer estarei no vale.

Levantei-me. Minhas pernas tremiam. Tornei a sentar. A uns metros de onde estava havia uma língua de neve. Aproximei-me dela e lavei o rosto. Tornei a sentar. Um pouco mais abaixo havia uma árvore. Num galho vi um pardal. Depois uma mancha verde atravessou o ar. Vi um quetzal. Vi um pardal e um quetzal. Os dois pássaros empoleirados no mesmo galho. Meus lábios partidos sussurraram: o mesmo galho. Ouvi minha voz. Só então me dei conta do enorme silêncio que envolvia o vale.

Levantei-me e me aproximei da árvore. Discretamente, porque não queria assustar os pássaros. A vista, dali, era melhor. Mas eu tinha de andar com cuidado, olhando para o chão, pois havia pedras soltas e a possibilidade de escorregar e cair era grande. Quando cheguei junto da árvore, os pássaros tinham voado. Vi então que na outra extremidade do vale, a oeste, se abria um abismo sem fundo.

Estou ficando louca?, pensei. Foram esses a loucura e o medo de Arthur Gordon Pym? Estou recuperando o juízo numa velocidade vertiginosa? As palavras estalavam dentro da minha cabeça, como se uma giganta estivesse gritando dentro de mim, mas do lado de fora o silêncio era total. A oeste, o sol se punha, e as sombras, lá embaixo, no vale, se encompridavam e o que antes era verde agora era verde-escuro, e o que antes era marrom agora era cinza-escuro ou negro.

Vi então uma sombra diferente, como a que as nuvens projetam quando se movem depressa por um grande prado, se bem que essa sombra não fosse projetada por nenhuma nuvem, no extremo oriental do vale. Que era isso?, perguntei-me. Olhei para o céu. Depois olhei para a árvore e vi que o quetzal e o pardal tinham pousado de novo no mesmo galho e gozavam imóveis a quietude do vale. Depois olhei para o abismo. Senti um aperto no coração. Aquele abismo marcava o fim do vale. Eu não me lembrava de nenhum vale com um acidente geográfico semelhante. De fato, nesse momento, mais que num vale, parecia que eu estava numa meseta. Mas não. Não era uma meseta. As mesetas, por sua condição mesma, não têm paredes naturais. Mas os vales, disse comigo, não afundam em abismos insondáveis. Se bem que alguns pode ser que sim. Depois olhei a sombra que se esparramava e avançava na outra extremidade, como se também ela houvesse saído da zona nevada, só que por um lugar diferente do meu. Ao longe, sobrevoando os vulcões multiplicados, uma tempestade elétrica era gestada em silêncio. Soube então que o quetzal e o pardal que estavam no galho, um metro e meio acima de mim, eram os únicos pássaros vivos de todo aquele vale. E soube que a sombra que deslizava pelo grande prado era uma multidão de jovens, uma inacabável legião de jovens que se dirigia a algum lugar.

Eu os vi. Estava longe demais para distinguir seus rostos. Mas eu os vi. Não sei se eram jovens de carne e osso ou fantasmas. Mas eu os vi.

Provavelmente eram fantasmas.

Mas andavam, não voavam, como dizem que voam os fantasmas. De modo que pode ser que não fossem fantasmas. Soube também que apesar de andarem juntos não constituíam o que comumente se chama uma massa: seus destinos não estavam imbricados numa idéia comum. Só os unia sua generosidade e sua coragem. Conjecturei (com as palmas da mão apoiadas nas faces) que eles também haviam vagado pelas montanhas nevadas e que foram se encontrando ali e caminhando juntos até formarem um exército que agora se deslocava pelo prado. Eles por um lado e eu pelo outro. Vi os cumes alpinos como um espelho, abolidas as leis da física, de dois lados: de um lado do espelho havia saído eu, do outro haviam saído eles.

Caminhavam para o abismo. Creio que soube disso desde o momento em que os vi. Sombra ou massa de crianças, caminhavam indefectivelmente para o abismo. Depois ouvi um murmúrio que o ar frio do entardecer no vale levantava em direção às encostas e escarpas, e fiquei estupefata.

Estavam cantando.

As crianças, os jovens, cantavam e se dirigiam para o abismo. Levei a mão à boca, como se quisesse abafar um grito, e estendi a outra, os dedos trêmulos e esticados como se pudesse tocá-los. Minha mente quis recordar um texto que falava de crianças que marchavam para a guerra entoando canções, mas não conseguiu. Estava com a mente às avessas. A travessia pelas neves tinha me transformado em pele. Talvez eu sempre tenha sido assim. Não sou uma mulher muito inteligente.

Estendi ambas as mãos, como se pedisse ao céu poder abraçá-los, e gritei, mas meu grito se perdeu nas alturas onde eu ainda me encontrava e não chegou ao vale. Magra, enrugada, gravemente ferida, com a mente sangrando e os olhos cheios de lágrimas procurei os pássaros, como se os coitadinhos pudessem me ajudar naquela hora em que tudo no mundo se apagava.

O galho estava vazio.

Supus que os pássaros eram um símbolo e que nessa parte da história tudo era simples e singelo. Supus que os pássaros eram o estandarte dos rapazes. Não sei mais o que supus.

E os ouvi cantar, ainda os ouço cantar, agora que não estou no vale, bem baixinho, apenas um murmúrio quase inaudível, os meninos mais lindos da América Latina, os meninos mal alimentados e os bem alimentados, os que tiveram tudo e os que não tiveram nada, que canto mais lindo o que sai dos seus lábios, que bonitos eles eram, que beleza, apesar de estarem marchando ombro a ombro rumo à morte, eu os ouvi cantar e enlouqueci, eu os ouvi cantar e não pude fazer nada para que parassem, estava longe demais e não tinha forças para descer até o vale, para me pôr no meio daquele prado e lhes dizer que parassem, que marchavam rumo a uma morte certa. A única coisa que pude fazer foi me pôr de pé, trêmula, e ouvir até o último suspiro seu canto, ouvir sempre seu canto, porque apesar de o abismo os ter tragado o canto seguiu no ar do vale, na neblina do vale, que ao entardecer subia para as encostas e as escarpas.

Assim, pois, os rapazes fantasmas cruzaram o vale e despencaram no abismo. Um trânsito breve. E seu canto fantasma ou o eco do seu canto fantasma, que é como dizer o eco do nada, seguiu marchando ao mesmo passo que eles, que era o passo do destemor e da generosidade, em meus ouvidos. Uma canção apenas audível, um canto de guerra e de amor, porque os meninos sem dúvida se dirigiam para a guerra, mas faziam isso recordando as atitudes teatrais e soberanas do amor.

Mas que classe de amor eles puderam conhecer?, pensei quando o vale ficou vazio e só seu canto seguia ressoando em meus ouvidos. O amor a seus pais, o amor a seus cães e a seus gatos, o amor a seus brinquedos, mas sobretudo o amor que tiveram entre eles, o desejo e o prazer.

E embora o canto que escutei falasse da guerra, das façanhas heróicas de uma geração inteira de jovens latino-americanos sacrificados, eu soube que acima de tudo falava do destemor e dos espelhos, do desejo e do prazer.

E esse canto é nosso amuleto.

Blanes, setembro de 1998.

1ª EDIÇÃO [2008] 2 reimpressões

ESTA OBRA FOI COMPOSTA PELO GRUPO DE CRIAÇÃO EM ELECTRA E IMPRESSA PELA GRÁFICA BARTIRA EM OFSETE SOBRE PAPEL PÓLEN BOLD DA SUZANO S.A. PARA A EDITORA SCHWARCZ EM ABRIL DE 2022

A marca FSC® é a garantia de que a madeira utilizada na fabricação do papel deste livro provém de florestas que foram gerenciadas de maneira ambientalmente correta, socialmente justa e economicamente viável, além de outras fontes de origem controlada.